Patrick Modiano

Unterwegs
nach Chevreuse

Roman

Aus dem Französischen
von Elisabeth Edl

Hanser

Die französische Originalausgabe erschien 2021 unter
dem Titel *Chevreuse* bei Gallimard in Paris.

Das Motto auf S. 7 stammt aus
dem Gedicht »Requiem auf den Tod eines Knaben«
von Rainer Maria Rilke.

1. Auflage 2022

ISBN 978-3-446-27407-5
© Editions GALLIMARD, Paris, 2021
Alle Rechte der deutschen Ausgabe
© 2022 Carl Hanser Verlag GmbH & Co. KG, München
Umschlag: Peter-Andreas Hassiepen, München
Motiv: © AKG
Satz im Verlag
Druck und Bindung: CPI books GmbH, Leck
Printed in Germany

MIX
Papier | Fördert
gute Waldnutzung
FSC
www.fsc.org
FSC® C083411

FÜR DOMINIQUE

Was hab ich mir für Namen eingeprägt
und Hund und Kuh und Elephant
nun schon so lang und ganz von weit erkannt,
und dann das Zebra –, ach, wozu?

RAINER MARIA RILKE

BOSMANS HATTE SICH erinnert, dass ein Wort, Chevreuse, in der Unterhaltung immer wiederkehrte. Und in jenem Herbst lief im Radio oft ein Lied, gesungen von einem gewissen Serge Latour. Er hatte es in dem kleinen, leeren vietnamesischen Restaurant gehört, eines Abends, als er dort saß, in Gesellschaft jenes Mädchens mit dem Spitznamen »Totenkopf«.

Douce dame
Je rêve souvent de vous …

Süße Dame, ich träume oft von dir … An jenem Abend hatte »Totenkopf« die Augen geschlossen, offenbar aufgewühlt durch die Stimme des Sängers und den Liedtext. Dieses Restaurant mit dem stets eingeschalteten Radio am Tresen lag in einer der Straßen zwischen Maubert und Seine.

Andere Worte, andere Gesichter und selbst Verse, die er damals gelesen hatte, schwirrten ihm durch den Kopf – so viele Verse, dass er sie nicht alle aufschreiben konnte:

»Die Locke von kastanienbraunem Haar …« »… Der Boulevard de la Chapelle, das hübsche Montmartre und Auteuil …«

Auteuil. Der Name klang merkwürdig. Auteuil. Doch wie Ordnung bringen in all diese Signale und diese Morsezeichen, herübergekommen aus einer Entfernung von mehr als fünfzig Jahren, und wie einen roten Faden dafür finden?

Er notierte nach und nach die Gedanken, die ihm durch den Kopf gingen. Zumeist morgens oder am späten Nachmittag. Es genügte ein Detail, das jedem anderen lächerlich erschienen wäre. Das war's: ein Detail. Das Wort »Gedanke« passte überhaupt nicht. Es war allzu feierlich. Eine Unmenge von Details füllte schließlich die Seiten seines blauen Hefts, und auf den ersten Blick bestand zwischen ihnen keinerlei Zusammenhang, und in ihrer Kürze wären sie unverständlich gewesen für einen zufälligen Leser.

Je mehr Details sich anhäuften auf den weißen Seiten, selbst wenn sie konfus wirkten, desto größer wäre für ihn nachher die Aussicht – davon war er überzeugt –, Klarheit in die Sache zu bringen. Und der scheinbar nichtige Charakter all dessen durfte ihn nicht entmutigen.

Sein Philosophielehrer hatte ihm einst erklärt, dass die verschiedenen Abschnitte eines Lebens – Kindheit, Jugend, reifes Alter, Greisentum – auch mehreren aufeinanderfolgenden Toden entsprechen. Dasselbe galt für die Erinnerungssplitter, die er so rasch wie möglich aufzuschreiben versuchte: Bilder aus einem Abschnitt seines Lebens, die er im Zeitraffer vorüberziehen sah, bevor sie endgültig ins Vergessen sanken.

CHEVREUSE. DER NAME würde vielleicht andere Namen anziehen, wie ein Magnet. Bosmans sagte leise »Chevreuse« vor sich hin. Und wenn er den Faden in der Hand hielt, der ihm erlaubte, eine ganze Spule voll zu kriegen? Doch warum Chevreuse? Es gab natürlich die Herzogin von Chevreuse, die in den *Memoiren* des Kardinal de Retz auftauchte, lange Zeit eines seiner Lieblingsbücher. An einem Januarsonntag, in jenen fernen Jahren, als er aus einem überfüllten Zug gestiegen war, der aus der Normandie kam, da hatte er auf der Sitzbank im Abteil den Band aus Bibelpapier und mit weißem Umschlag liegenlassen, und er wusste, über diesen Verlust würde er sich nie hinwegtrösten. Am nächsten Morgen hatte er sich aufgemacht zur Gare Saint-Lazare und war durch die Schalterhalle geirrt, durch die Ladenpassage, und schließlich hatte er das Fundbüro entdeckt. Der Mann hinterm Tresen hatte ihm sofort den Band mit den *Memoiren* des Kardinal de Retz ausgehändigt, unversehrt, mit dem gut sichtbaren roten Lesezeichen an der Stelle, wo er seine Lektüre unterbrochen hatte, tags zuvor im Zug.

Beim Verlassen des Bahnhofs hatte er das Buch tief in eine seiner Manteltaschen gestopft, aus Furcht, er könnte es noch einmal verlieren. Ein sonniger Januarmorgen. Die Erde drehte sich weiter, und die Passanten ringsherum gingen ihrer Wege mit ruhigem Schritt – wenigstens in seiner Erinnerung. Hinter der Église de la Trinité kam er zu den von ihm so genannten »ersten Steigungen«. Jetzt musste er nur noch den gewohnten Straßen folgen, hinauf in Richtung Pigalle und Montmartre.

*

In einer der Gassen des Montmartre jener Jahre war ihm eines Nachmittags Serge Latour über den Weg gelaufen, der Sänger von *Douce dame*. Diese Begegnung – kaum ein paar Sekunden – war in seinem Leben ein so winziges Detail, dass Bosmans sich wunderte, wieso es ihm in den Sinn kam.

Warum bloß Serge Latour? Er hatte ihn nicht angesprochen, und was hätte er ihm auch sagen sollen? Dass eine Freundin, »Totenkopf«, sein Lied *Douce dame* oft vor sich hin trällerte? Und ihn fragen, ob er sich beim Titel des Liedes nicht hatte anregen lassen von einem Dichter und Komponisten des Mittelalters namens Guillaume de Machaut? Drei Singles bei Polydor im selben Jahr. Er wusste nicht, was später aus Serge Latour geworden war. Kurz nach dieser flüchtigen Begegnung hatte er von irgendwem in Montmartre gehört, Serge Latour »reise durch Marokko, Spanien und Ibiza«, wie es damals ganz üblich war. Und diese Bemerkung, im Gewirr irgendwelcher Unterhaltungen, war für alle Ewigkeit in der Schwebe geblieben, und er hörte sie heute, nach fünfzig Jahren, noch immer so deutlich wie an jenem Abend, ausgesprochen von einer Stimme, die für alle Zeit anonym bleiben würde. Ja, was mochte wohl geworden sein aus Serge Latour? Und aus dieser seltsamen Freundin mit dem Spitznamen »Totenkopf«? Dachte er an diese zwei Menschen, dann spürte er sofort den Staub – oder vielmehr den Geruch der Zeit.

GLEICH HINTER CHEVREUSE eine Biegung, dann eine gerade Straße, von Bäumen gesäumt. Nach wenigen Kilometern ein Dorf, und kurz darauf fuhr man an Bahngleisen entlang. Doch es kamen nur ganz wenig Züge hier durch. Einer frühmorgens gegen fünf, der hieß »Rosenzug«, weil er diese Blumensorte aus den Gärtnereien der Umgebung nach Paris beförderte; der andere Zug pünktlich um einundzwanzig Uhr fünfzehn. Der kleine Bahnhof wirkte verlassen. Rechts, gegenüber vom Bahnhof, führte eine leicht abschüssige Allee entlang einer Brache bis zur Rue du Docteur-Kurzenne. Ein Stückchen weiter links in dieser Straße die Fassade des Hauses.

Die Entfernungen auf der alten Generalstabskarte stimmten nicht überein mit den Erinnerungen, die Bosmans sich bewahrt hatte. In diesen Erinnerungen war Chevreuse nicht so weit weg von der Rue du Docteur-Kurzenne wie auf der Karte. Hinter dem Haus in der Rue du Docteur-Kurzenne drei terrassenförmige Gärten. In der Umfassungsmauer des höchstgelegenen Gartens eine rostige Eisentür, die hinausführte auf eine Lichtung, dahinter Ländereien, von denen es hieß, sie gehörten zum Schloss Mauvières, ein paar Kilometer entfernt. Und oft war Bosmans ziemlich weit vorgedrungen, über Waldpfade, ohne freilich das Schloss jemals zu erreichen.

Wenn die Generalstabskarte seiner Erinnerung von den Örtlichkeiten widersprach, lag es wahrscheinlich daran, dass er sich mehrmals in der Gegend aufgehalten hatte, in verschiedenen Abschnitten seines Lebens, und die Zeit hatte schließlich die Entfernungen verkürzt. Außerdem hieß es, der Jagdaufseher von Schloss Mauvières habe einstmals in dem Haus der Rue du Docteur-Kurzenne gewohnt. Und darum war dieses Haus immer schon für ihn so etwas gewesen wie ein Grenzposten, und die Rue du Docteur-Kurzenne bildete den Saum eines Landguts oder vielmehr eines Fürstentums aus Wäldern, Teichen, Hainen, Parkanlagen namens: Chevreuse. Er versuchte auf seine Art etwas zu rekonstruieren wie eine Generalstabskarte, jedoch mit Lücken, Leerstellen, Dörfern und kleinen Straßen, die es nicht mehr gab. Lang zurückliegende Fahrten kamen ihm allmählich wieder ins Gedächtnis. Besonders eine davon stand ihm recht deutlich vor Augen. Eine Fahrt im Auto, deren Ausgangspunkt eine Wohnung unweit der Porte d'Auteuil war. Ein paar Leute trafen sich dort regelmäßig am späten Nachmittag und oft auch in der Nacht. Ständig wohnten dort offenbar nur ein Mann um die vierzig, ein kleiner Junge, der wohl sein Sohn war, und ein junges Mädchen, das als Gouvernante arbeitete. Sie und das Kind hatten das Zimmer ganz hinten in der Wohnung.

Rund fünfzehn Jahre später hatte Bosmans geglaubt, diesen Mann wiederzuerkennen, etwas gealtert, allein, durch die Scheibe eines Wimpy-Restaurants an den Champs-Élysées. Er hatte das Restaurant betreten und sich neben ihn gesetzt, wie man das in Selbstbedienungsketten oft machte. Er hätte ihn gern um die eine oder andere Erklärung gebeten, doch plötzlich ließ ihn sein Gedächtnis im Stich: Er wusste den Namen nicht mehr. Außerdem war eine Anspielung auf die Wohnung in Auteuil und die Leute, denen Bosmans dort einstmals begegnet war, diesem Mann womöglich unangenehm. Und der Junge, was war aus ihm geworden? Und das Mädchen mit dem Namen Kim? An jenem Abend im Wimpy hatte ein Detail seine Aufmerksamkeit geweckt: Der Mann trug am Handgelenk eine große Uhr mit vielen Zifferblättern, von denen Bosmans seinen Blick nicht losreißen konnte. Der andere merkte es und drückte einen Knopf, unten an der Uhr, was ein leises Klingeln auslöste, wahrscheinlich ein Wecksignal. Er lächelte ihn an, und sein Lächeln, diese Uhr und das Klingeln riefen in ihm eine Kindheitserinnerung wach.

ES WAR »TOTENKOPF«, die ihn eines Abends mitgeschleppt hatte zu der Wohnung in Auteuil. Diesen Spitznamen, den sie schon trug, bevor er sie kennenlernte, hatte sie wegen ihrer Kaltblütigkeit bekommen und weil sie oft einsilbig war und verschlossen.

Mit ihrer sanften Stimme sagte sie manchmal, wenn sie sich vorstellte: »Sie dürfen ›Totenkopf‹ zu mir sagen.« Ihr richtiger Vorname war Camille. Und jedes Mal, wenn er an sie dachte, zögerte Bosmans, ob er Camille schreiben sollte oder »Totenkopf«. Camille war ihm lieber.

Anfangs durchschaute er nicht ganz, was all die Leute, die er in der Wohnung in Auteuil sah, miteinander verband. Fanden sie dort zusammen über das »Netz«, eine stillgelegte Telefonnummer, durch die verschiedene Stimmen unter Pseudonym Verabredungen trafen? Camille, genannt »Totenkopf«, hatte ihm von diesem »Netz« erzählt und von der stillgelegten Telefonnummer AUTEUIL 15.28, und dank eines merkwürdigen Zufalls, hatte sie gesagt, war es die ehemalige Nummer der Wohnung. Und diese schien, trotz der verstohlenen Gegenwart des Kindes und des jungen Mädchens in dem hinteren Zimmer, nicht richtig bewohnt, sondern vielmehr als Treffpunkt zu dienen und als Ort für kurze Begegnungen.

Unter den im Salon versammelten Personen, einem Raum mit drei großen, sehr niedrigen Diwanen, von dem eine Doppeltür seltsamerweise in ein Badezimmer führte, unter diesen Personen, die nur noch Schatten waren in seiner Erinnerung, wegen des immer viel zu schwachen Lichts in der Wohnung, hatte Camille, genannt »Totenkopf«, ihm eine Freundin vorgestellt, eine gewisse Martine Hayward, die sie offenbar seit langem kannte.

Ein sommerlicher Spätnachmittag, und der Tag würde andauern bis abends um zehn. Sie hatten alle drei die Wohnung verlassen. Ein Wagen stand ein Stück weiter oben in der Straße geparkt, der Wagen von Martine Hayward. »Totenkopf« hatte sich ans Steuer gesetzt. Dieser Spitzname passte nicht wirklich zu ihr, doch sie wollte ihn gern behalten, denn sie hatte Sinn für schwarzen Humor.

»Es stört Sie doch nicht, wenn wir ins Chevreuse-Tal fahren?«, hatte Martine Hayward zu ihm gesagt, die auf der Rückbank neben ihm saß. »Nur einmal hin und zurück.«

Während der Fahrt hatte Camille die meiste Zeit geschwiegen.

»Wir sind jetzt im Chevreuse-Tal«, hatte Camille gesagt, an jenem Spätnachmittag, und sich zu ihm umgedreht. Die Landschaft war hier ganz anders, als hätte man eine Grenze passiert. Und später verspürte er jedes Mal, wenn er dieselbe Strecke zurücklegte, von Paris und der Porte d'Auteuil kommend, dasselbe Gefühl: nämlich hineinzugleiten in eine kühle

Zone, vom Laub der Bäume geschützt vor der Sonne. Und im Winter glaubte man, denn im Chevreuse-Tal lag mehr Schnee als anderswo, man folge kleinen Bergstraßen.

Ein paar Kilometer vor Chevreuse war Camille, genannt »Totenkopf«, in einen Waldweg gebogen, an dessen Zufahrt ein Holzschild stand mit halb verwaschener Aufschrift: »Auberge du Moulin-de-Vert-Cœur«. Ein Pfeil zeigte die Richtung.

Sie hatte das Auto vor einem großen Fachwerkhaus geparkt. Seitlich der Speisesaal eines Restaurants mit Panoramafenstern. Martine Hayward war ausgestiegen.

»Ich brauche nur einen Augenblick.«

Sie waren eine Weile sitzen geblieben, er und Camille. Und als Martine Hayward nicht gleich wiederkam, waren sie ebenfalls ausgestiegen.

Camille hatte ihm erklärt, Martine Haywards Ehemann habe diesen Landgasthof geführt, die Auberge du Moulin-de-Vert-Cœur, aber der Laden sei eingegangen – zu viele bürokratische Schikanen und Instandhaltungskosten, Schulden, nicht genug Gäste, und sowieso habe Martine Haywards Mann nichts von einem Hotelier oder professionellen Gastwirt. Zuerst musste man das Hotel schließen, wenig später auch das Restaurant. Nur noch ein baufälliges Haus, das aussah wie eine normannische Villa, verloren im tiefsten Chevreuse-Tal. Eine Scheibe fehlte in einem der Panoramafenster des Restaurants.

Bosmans hatte Camille ausgefragt nach diesem Monsieur Hayward, doch sie antwortete nur ausweichend. Zurzeit sei er im Ausland, komme aber bald zurück nach Frankreich. Während seiner Abwesenheit sei es schwierig für Martine Hayward, allein in diesem großen, verlassenen Haus zu leben. Camille hatte angeboten, sie könnte zu ihr ziehen in eins der fünfzehn leerstehenden Zimmer, bis zur Rückkehr ihres Mannes, doch inzwischen hatte Martine Hayward ein Häuschen zur Miete gefunden, ganz in der Nähe.

Sie erschien wieder, in der Hand einen schwarzen Lederkoffer, und sie stellte den Koffer auf die Außentreppe, um die Eingangstür aus massivem Holz abzuschließen, als wäre sie der letzte Gast, mit dem Auftrag, die Auberge du Moulin-de-Vert-Cœur für immer dichtzumachen.

*

Camille setzte sich wieder ans Steuer. Und Martine Hayward auf die Rückbank, neben ihn.

»Jetzt zeige ich dir den Weg«, hatte sie gesagt.

Sie mussten zurück auf die Straße und in östlicher Richtung weiterfahren bis nach Toussus-le-Noble. Plötzlich schien Bosmans dieser Name vertraut, ohne dass er recht wusste warum. Als sie am Flugplatz vorbeikamen, erhellte sich alles. Der Name »Toussus-le-Noble« rief ihm eine Flugschau ins Gedächtnis, die er eines Sonntags erlebt hatte, in seiner Kindheit.

Oder war es in Villacoublay gewesen, dem anderen Flugplatz, ganz in der Nähe? Er hatte keine genaue Karte der Region im Kopf, aber diese beiden Flugplätze bildeten für ihn die Grenze des Chevreuse-Tals. Außerdem war nach Toussus-le-Noble das Licht nicht mehr dasselbe, man gelangte in eine andere Region, und das Chevreuse-Tal war ihr Hinterland.

»Noch ein kleiner Umweg, und dann fahren wir zurück nach Paris«, hatte Martine Hayward gesagt, wie um sich bei ihm zu entschuldigen.

Sie kamen nach Buc. Bosmans spürte einen Stich im Herzen. Dieser Name, den er vergessen hatte, dieser so kurze und so helle Name, man hätte meinen können, er reiße ihn jäh aus einem langen Schlaf. Er war versucht, ihnen zu gestehen, dass er hier in der Gegend gelebt hatte, aber das ging sie nichts an.

Bei der Einfahrt ins nächste Dorf erkannte Bosmans sofort das Rathaus und den Bahnübergang. »Totenkopf« passierte den Bahnübergang und nahm die große Straße bis zum Kirchplatz. Sie hielt vor der Kirche, wo er Chorknabe gewesen war, in einer Weihnachtsnacht. Martine Hayward sagte, es sei besser, umzukehren und den Gleisen zu folgen. Dann würde man den Bahnhof schon finden und auch den Weg gegenüber, wie man es ihr erklärt hatte.

Der öffentliche Park zog sich an den Schienen entlang. Die Betonabsperrungen und das Gebüsch, die ihn von der Straße trennten, hatten sich nicht verändert. Bosmans fühlte sich fünfzehn Jahre zurückversetzt, als würde eine bestimmte Zeit seiner Kindheit von neuem beginnen. Allerdings war der öffentliche Park viel kleiner als der in seiner Erinnerung, wo er zum Spielen hingebracht wurde während der Ferien, im Sommer, bei Einbruch der Nacht. Auch der Bahnhof erschien ihm winzig, und die bröcklige Fassade machte ihm deutlich, wie viel Zeit vergangen war.

Camille lenkte den Wagen in die leicht abschüssige Allee. Jetzt spürte er sein Herz pochen. Die Brache linker Hand verdiente noch immer, dass man sie »Urwald« nannte, wie damals, als er sich mit seinen Kameraden von der Jeanne-d'Arc-Schule so tief hineinwagte, bis alle sich verirrten. Die Vegetation war inzwischen noch üppiger.

Sie parkte den Wagen an der Ecke Rue du Docteur-Kurzenne. Eine Frau in schwarzer Bluse wartete vor der Eisentür und dem Gartenzaun der Nummer 38. Martine Hayward winkte und ging zu ihr. Die Frau hatte eine Mappe unterm Arm. Camille stieg nun ebenfalls aus dem Wagen, er dagegen blieb auf der Rückbank sitzen. Als er jedoch sah, dass die Frau einen Schlüsselbund aus ihrer Handtasche holte und die Eisentür aufschloss, gab er sich einen Ruck. Er musste sich Gewissheit verschaffen. Er wiederholte insgeheim diesen Ausdruck, »sich Gewissheit verschaffen«, um zu verstehen, was er wirklich bedeutete, und vielleicht auch, um sich Mut zu machen.

Martine Hayward stellte ihn der Frau in schwarzer Bluse vor: »Ein Freund, Jean Bosmans«, und Camille drehte sich lächelnd zu ihm: »Das ist die Dame vom Maklerbüro.« Aber nach so vielen Jahren vor diesem Haus zu stehen verursachte ihm ein leichtes Schwindelgefühl.

Er folgte ihnen bis an die Stufen der Außentreppe. Die Frau in schwarzer Bluse öffnete mit einer Schlüsseldrehung die Eingangstür, die sich in fünfzehn Jahren nicht verändert hatte. Immer noch blassblau und in der Mitte der goldfarbene Metallschlitz des Briefkastens. Sie trat zur Seite, um Camille und Martine Hayward vorbeizulassen. Und auch ihn. Er zögerte ein paar Sekunden, bevor er sagte, er warte lieber draußen.

Und dann hatte er allein dagestanden, auf der andern Straßenseite, dem Haus gegenüber. Fast sieben Uhr abends. Die Sonne war ziemlich stark, wie am Ende jener Sommertage, als er im hohen Gras auf der weiten Fläche rings um das verfallene Schloss gespielt hatte und die Straße langgelaufen war, nach Hause. An jenen Spätnachmittagen war die Stille um ihn herum so tief, dass er seine Sandalen klackern hörte auf dem Trottoir.

Er war zurückgekehrt unter die gleiche Sonne und in die gleiche Stille. Gern wäre er zu den drei anderen ins Haus gegangen, doch ihm fehlte der Mut. Oder hätte ein paar Schritte gemacht in der leicht abschüssigen Allee, um nachzusehen, ob die Trauerweide noch am selben Platz stand, hinter dem großen Tor auf der linken Seite, doch er wartete lieber hier, ohne die kleinste Bewegung, als ziellos herumzuschlendern durch ein verlassenes Dorf. Und zuletzt bildete er sich ein, er träume, so, wie man von manchen Orten träumt, an denen man einst gelebt hat. Und diesen Traum konnte er zum Glück jederzeit unterbrechen, wann immer er wollte.

Sie kamen alle drei aus dem Haus, die Frau in schwarzer Bluse vorneweg. Und plötzlich spürte er eine Unruhe: Gerade erlebte er das Ende einer Durchsuchung, und sie wussten nicht, dass er hier wohnte. Sonst hätten sie von ihm Rechenschaft verlangt. Doch Camille winkte lächelnd zu ihm herüber. Es ging nur um die triviale Besichtigung eines zu vermietenden Hauses, das nichts mehr zu tun hatte mit dem einstigen. Bestimmt hatte man die Anordnung der Zimmer verändert, Mauern eingerissen und die Wände neu gestrichen. Und in diesem Haus war keine Spur mehr von ihm übrig.

Die Frau in schwarzer Bluse begleitete sie bis zum Auto an der Straßenecke. Sie übergab ihre Mappe und einen Schlüsselbund Martine Hayward und erklärte ihr, welche Tür jeder einzelne Schlüssel öffnete. Neue Schlüssel, kleiner als die früheren. Sie öffneten also nicht dieselben Türen. Die alten Schlüssel waren verlorengegangen. »Totenkopf«, Martine Hayward und die Frau in schwarzer Bluse würden davon nie etwas erfahren.

*

Auf der Rückfahrt saß Camille wieder am Steuer. Sie redete vom Haus und den verschiedenen Räumen. Martine Hayward fragte sich, ob sie nicht lieber das Erdgeschoss beziehen sollte, das »Schlafzimmer« dort sei geräumiger als die anderen. Doch

Bosmans erinnerte sich an kein Schlafzimmer im Erdgeschoss. Die Eingangstür führte auf einen Flur. Am Ende dieses Flurs die Treppe. Rechter Hand der Salon mit seinem Erkerfenster. Linker Hand das Esszimmer. Sie sprachen auch von den drei terrassenförmigen Gärten hinterm Haus. Also gab es sie immer noch. Und der Brunnen im kleinen Hof? Und das Grab von Doktor Guillotin im ersten Garten? Auf einmal bekam er Lust, ihnen Fragen zu stellen, aber er riss sich zusammen und sagte nicht das geringste Wort. Wie hätten sie reagiert auf die Nachricht, er habe in diesem Haus gewohnt? Warum hätten sie dem irgendeine Bedeutung beimessen sollen? Das alles war furchtbar banal. Außer für ihn.

Der Weg war nicht derselbe wie auf der Hinfahrt. Sie kamen nicht durchs Chevreuse-Tal, sondern nahmen eine kleine Straße entlang des Flugplatzes Villacoublay. Und dieser Weg war ihm so vertraut gewesen, vor fünfzehn Jahren, dieser Weg, den er im Auto zurücklegte, im Bus und sogar zu Fuß, einige Zeit später, als er aus dem Internat ausgerissen war, sodass er jetzt den Eindruck hatte, alles beginne von vorn, obwohl er nicht genau erklären konnte was. Es würde nie etwas Neues geben in seinem Leben. Aber diese Furcht, die er zum ersten Mal verspürte, war in Le Petit-Clamart bereits verflogen.

»Sie hätten mit uns das Haus besichtigen sollen«, sagte Martine Hayward. »Stimmt's, Camille?«

»Ja, ich habe nicht verstanden, warum du allein draußen auf der Straße geblieben bist.«

Trotz all der Jahre hörte er noch immer Camille mit ihrer sanften und schleppenden Stimme den Satz sagen, an dessen Wortlaut er sich genau erinnerte: »Ich habe nicht verstanden, warum du allein draußen auf der Straße geblieben bist.« Die Worte hatten ihn wahrscheinlich in dem Augenblick nicht verwundert, doch ihr Echo tönte in seiner Erinnerung, und sie passten gut zu einer Haltung oder vielmehr einer Wesensart, die ihm seit der Kindheit eigen war, und noch lange danach, vielleicht sogar bis heute.

Er hatte keine Antwort gefunden, weder für Martine Hayward noch für Camille, und Martine Hayward hatte ihn mit einem komischen Blick gemustert, zumindest glaubte er das in jenem Moment. Sie hatte auf die Bank zwischen ihnen beiden die Mappe gelegt, die von der Frau in schwarzer Bluse stammte. In Boulogne bremste Camille scharf, um nicht bei Rot über die Ampel zu fahren. Die Mappe rutschte von der Bank, und die losen Blätter fielen heraus. Er sammelte sie der Reihe nach ein, und da sie nummeriert waren, ordnete er sie auch. Er sah, es war der Mietvertrag für das Haus mitsamt einer Inventarliste. Auf der ersten Seite ein Briefkopf mit den Namen des Maklerbüros und seiner Leiterin, sicher die Frau in schwarzer Bluse. Doch ein anderer Name, der auf dieser Seite stand, sprang ihm ins Auge, der Name der Besitzerin: ROSE-MARIE KRAWELL. Sie lebte also noch, und das Haus gehörte noch ihr. Diese Feststellung verwirrte ihn so sehr, dass er gern mit den beiden darüber gesprochen hätte. Doch was genau sollte er sagen? Und warum hätte sie das interessiert?

Er reichte die rote Mappe Martine Hayward, nachdem er die Blätter darin verstaut hatte. Sie dankte ihm, musterte ihn aber weiter mit diesem komischen Blick.

»Kennen Sie die Besitzerin?«, sagte er abrupt.

Und sogleich bereute er diese Frage, wie jemand, der sich ärgert, dass er seine Beherrschung verloren hat.

»Die Besitzerin? Nein. Warum?«

Martine Hayward hatte ihm schroff geantwortet. Offenbar störte sie die von ihm gestellte Frage.

»Ich glaube, René-Marco kennt sie«, hatte »Totenkopf« gesagt. »Mir scheint, sie ist eine Freundin von ihm.«

»Du hast bestimmt recht. Jedenfalls hat René-Marco mir das Maklerbüro empfohlen.«

Und dann herrschte für längere Zeit Schweigen zwischen ihnen dreien, er versuchte zwar, es zu brechen, fand aber nicht die richtigen Worte. Sie standen an der Porte Molitor, auf der Grenze zwischen Boulogne und Auteuil, und er musste daran denken, dass er hier in der Gegend geboren war. Erst vergangene Woche hatte er sich einen Auszug aus dem Geburtsregister, den er dringend benötigte, im Rathaus von Boulogne-Billancourt abgeholt. Ja, wirklich, in den letzten Tagen brachte sich die Vergangenheit wieder in Erinnerung, eine Vergangenheit, die er längst vergessen hatte. In Auteuil parkte Camille das Auto direkt vor der Tür des Mietshauses, auf dessen zweiter oder dritter Etage die Wohnung lag. Es war ungefähr neun Uhr abends, aber noch immer hell. Man hätte meinen können, die beiden zögerten auszusteigen.

»Schläfst du bei René-Marco?«

»Ja«, hatte Martine Hayward erwidert.

Die Wohnung gehörte also einem gewissen René-Marco? Sicher der Mann um die vierzig, über den er später erfahren würde, dass er der Vater des Kindes war, jenes Kindes, das im Zimmer ganz hinten lebte.

»Dann bleibe ich heute Nacht bei dir«, hatte Camille zu Martine Hayward gesagt.

Sie hatte den Kofferraum aufgeklappt, und er hatte Martine Haywards schwarzen Koffer herausgeholt. Dann waren sie ins Haus gegangen. Camille fuhr nicht gern mit Aufzügen, denn sie fürchtete, diese könnten plötzlich zwischen zwei Etagen steckenbleiben – ein Traum oder vielmehr ein Alptraum, der sie oft plagte, hatte sie ihm gesagt. Und sie misstraute dem hier, der zur Wohnung in Auteuil führte, ein altmodischer Aufzug mit zwei Glasflügeln, der sehr langsam war. Auf dem Treppenabsatz der Wohnung hatte sie ihn gefragt:

»Kommst du mit?«

»Nein. Nicht heute Abend.«

Und als der besagte René-Marco die Tür geöffnet hatte, war lautes Stimmengewirr bis zu Bosmans gedrungen, und er hatte sogar ein paar Silhouetten wahrgenommen, hinten im Salon. Er war leicht zurückgewichen und hatte Martine Haywards Koffer an Camille übergeben.

»Schade, dass Sie nicht bleiben«, hatte Martine Hayward gesagt und ihm besonders lang die Hand gedrückt. »Vielleicht an einem andern Abend?«

Und »Totenkopf« hatte ihm ironisch zugelächelt. Die Tür war hinter ihnen und besagtem René-Marco ins Schloss gefallen. Er hatte erleichtert aufgeseufzt und war die Treppe hinabgestürmt, um endlich an der freien Luft zu atmen. Allmählich wurde es Nacht, und er streifte ziellos durch die Straßen von Auteuil. Nun bedauerte er, das Haus nicht mit ihnen zusammen besichtigt zu haben, denn er hätte der Frau in schwarzer Bluse Fragen gestellt – harmlose Fragen dem Anschein nach, doch aus den Antworten hätte er vielleicht irgendetwas erfahren. Ob besagter René-Marco Rose-Marie Krawell kannte, ob sie regelmäßig die Wohnung in Auteuil aufsuchte? Er konnte sich gut vorstellen, wie sie umherging im Salon zwischen diesen Leuten, die für ihn nur Silhouetten waren, von denen »Totenkopf« aber in scherzhaftem Ton zu verstehen gegeben hatte, die meisten träfen sich hier zum ersten Mal im Leben und nicht alle seien guter Umgang.

Er selbst hatte an Rose-Marie Krawell nur eine ziemlich verschwommene Erinnerung, eine Kindheitserinnerung. Damals verbrachte sie oft ein paar Tage in dem Haus der Rue du Docteur-Kurzenne und bewohnte das große Zimmer im ersten Stock, das sonst leerstand. Er fragte sich, ob Martine Hayward vielleicht Rose-Marie Krawell begegnet war. Sie hatte ihm einen komischen Blick zugeworfen und schroff geantwortet auf seine Frage: »Kennen Sie die Besitzerin?«

Eigentlich hätte er sich vorhin nicht verabschieden sollen von Camille und Martine Hayward, sondern besser versucht, mehr herauszukriegen über diese Leute, die im Salon der Wohnung zusammenkamen, also wenigstens ihre Namen zu erfahren.

Er folgte der Rue Michel-Ange und betrat ein Café, wo sie bereits alle Stühle auf die Tische stellten. Er bat um einen Jeton fürs Telefon und wählte die Nummer des »Netzes«, die Camille ihm genannt hatte: AUTEUIL 15.28, und von der sie gesagt hatte, es sei die ehemalige Nummer der Wohnung. Stimmen von Männern und Frauen antworteten einander: Blauer Kavalier ruft Alcibiades. Avenue de Wagram Nr. 133, 3. Stock. Paul trifft Henri heute Abend bei Louis du Fiacre. Jacqueline und Sylvie erwarten Sie im Marronniers, Rue de Chazelles Nr. 27 … Ferne Stimmen, oft verschluckt von Geknister, und sie klangen wie Stimmen aus dem Jenseits. Als er aufgelegt hatte, war er erleichtert, wie vorhin beim Verlassen des Mietshauses, wieder an der freien Luft zu sein.

Vielleicht hatte er soeben am Telefon unter den andern Stimmen, ohne dass er sie erkannte, auch Rose-Marie Krawells Stimme gehört. Zum ersten Mal seit fünfzehn Jahren beschäftigte der Name dieser Frau seine Gedanken, und dieser Name würde bestimmt die Erinnerung an weitere Personen nach sich ziehen, die er zusammen mit ihr gesehen hatte, in dem Haus der Rue du Docteur-Kurzenne. Bisher hatte sein Gedächtnis, diese Personen betreffend, einen langen Winterschlaf gehalten, aber das war nun vorbei, die Gespenster fürchteten nicht, wiederaufzutauchen am helllichten Tag. Wer weiß? In den kommenden Jahren würden sie sich in seine Erinnerung einschleichen, wie Erpresser. Und da er die Vergangenheit kein zweites Mal durchleben und dabei korrigieren konnte, wäre der beste Weg, sie endgültig unschädlich zu machen und auf Distanz zu halten, dass er sie in Romanfiguren verwandelte.

An jenem Abend machte er Camille und Martine Hayward verantwortlich für die Rückkehr dieser Gespenster. War die Besichtigung des Hauses in der Rue du Docteur-Kurzenne ein Zufall? Bestimmt gab es irgendeinen Zusammenhang, so winzig er auch sein mochte, zwischen ihnen und diesem Namen, Rose-Marie Krawell, vollständig ausgeschrieben auf der ersten Seite eines Maklervertrags, in dem auch der Name Martine Hayward stand. Doch all das war nicht besonders wichtig. Und außerdem, als er ein Kind war, in der Rue du Docteur-Kurzenne, hatte er sich nie Fragen gestellt über die Leute um ihn herum, und nie hatte er zu begreifen versucht, was er hier verloren hatte, zwischen ihnen. Ganz im Gegenteil, sie hätten sich nach fünfzehn Jahren in Acht nehmen müssen vor ihm. Sie konnten annehmen, dass er eine Art Zeuge gewesen war, und sogar ein lästiger Zeuge. Und er erinnerte sich an den Titel eines italienischen Films, den er im Filmmuseum im Palais de Chaillot gesehen hatte: *I bambini ci guardano*, die Kinder beobachten uns.

Er hatte nicht bemerkt, dass er fast eine Dreiviertelstunde durch Auteuil gelaufen war, bis an eine der Grenzen des Viertels, entlang der Seine, und wieder umgekehrt. Es war jetzt Nacht. Er folgte einer kleinen Straße in unmittelbarer Nähe der Wohnung dieses René-Marco, bis vor deren Tür er Camille und Martine Hayward begleitet hatte. Er fragte sich, ob er nicht den Aufzug mit den zwei Glasflügeln nehmen sollte, der so langsam hochfuhr, dass Camille fürchtete, er könnte zwischen zwei Etagen steckenbleiben. Er hätte gern Klarheit gehabt: War AUTEUIL 15.28 wirklich eine stillgelegte Nummer, wie Camille erklärt hatte, oder immer noch die Nummer dieser Wohnung? Und wenn gewisse Stimmen, die er nach dem Wählen von AUTEUIL 15.28 vernommen hatte und die so klangen wie Stimmen aus dem Jenseits, doch jenen Leuten gehörten, die er im Salon wahrgenommen hatte? Als Camille ihn zum ersten Mal dorthin mitgeschleppt hatte, war er vielleicht Rose-Marie Krawell begegnet, aber hätten sie sich nach fünfzehn Jahren wiedererkannt? Zehn Uhr abends, jetzt hockten diese Gespenster nebeneinander auf den niedrigen und breiten Diwanen des Salons.

AN EINEM FRÜHEN Nachmittag beschloss Bosmans, an der Wohnungstür zu klingeln. Wenn er die Dinge ins Reine bringen wollte – dieser Ausdruck war ihm eingefallen, als er Camille, genannt »Totenkopf«, und Martine Hayward zum Haus in der Rue du Docteur-Kurzenne begleitet hatte –, dann musste er sehen, wie diese Wohnung bei Tag wirkte und nicht in finsterer Nacht, zwischen den anonymen Schatten, die er im Salon gestreift hatte.

Es war tatsächlich ein sonniger Nachmittag, und im Aprillicht zeichneten die Silhouetten der Passanten, das Laub der Bäume, die Trottoirs, die Hausfassaden sich deutlich ab unter dem blauen Himmel, als hätte man sie mit viel Wasser gewaschen, um sie vom kleinsten Staub und von der kleinsten Unschärfe zu befreien. Er nahm den Aufzug, was er bisher nie getan hatte, wegen Camille. Bosmans saß auf der roten Samtbank, und er wünschte sich, dieses langsame und sanfte Höhergleiten möge ewig so andauern. Dann hätte er die Augen geschlossen und keine Unruhe mehr verspürt.

Er klingelte dreimal, mit einer gewissen Besorgnis. Um diese Zeit war sicher niemand in der Wohnung. Nichts trübte die Stille. Ihm schien sogar, die Wohnung sei leer. Er klingelte wieder dreimal. Jetzt hörte er das Geräusch von Schritten. Die Tür öffnete sich, und er stand vor einer Person, die er eines Abends gesehen hatte, gerade als sie im Flur verschwand, ein Kind an der Hand, bei seinem ersten Besuch, und ein andermal war er ihr im Vorraum begegnet, mit demselben kleinen Jungen. Und »Totenkopf« hatte gesagt: »Das ist René-Marcos Sohn und seine Gouvernante.«

»Ich glaube, ich komme viel zu früh«, und diesen Satz, den er für alle Fälle einstudiert hatte, bevor er klingelte, sagte er mit tonloser Stimme.

Doch sie zeigte nicht die leiseste Überraschung. Sie hatte die Tür hinter ihnen wieder zugemacht und führte ihn in den Salon, als handle es sich um das Wartezimmer eines Arztes oder eines Dentisten.

»Nehmen Sie Platz.«

Sie deutete auf einen der großen Diwane und setzte sich neben ihn. Ein Stapel Zeitschriften auf dem Diwan. Eine war aufgeschlagen.

»Ich habe gelesen, während der Kleine Mittagsschlaf hält.«

Das hatte sie in ganz natürlichem Tonfall gesagt. Hatte sie erraten, dass er von der Existenz des Kindes wusste?

»Machen die Gäste abends oder nachts nicht zu viel Lärm?«

»Nein, überhaupt nicht. Der Flur ist lang zwischen dem Salon und dem Zimmer, wo wir sind. Der Kleine schläft immer ausgezeichnet.«

Sie hatte mit gleichmütiger Stimme geantwortet und ihm dabei gerade in die Augen geschaut.

»Da beruhigen Sie mich aber.«

Sie musste ein wenig lächeln. Sie war etwa in seinem Alter, so um die zwanzig. Sie schien nicht erstaunt über seine Anwesenheit, auch nicht neugierig, warum er so früh am Nachmittag an der Wohnungstür geklingelt hatte.

»Ich bin auf gut Glück vorbeigekommen. Ich habe gehofft, Monsieur René-Marco anzutreffen, ich wollte ihn nach etwas fragen.«

Da er den Familiennamen dieses Mannes nicht kannte, fühlte er sich bemüßigt, »Monsieur René-Marco« zu sagen.

»Sie meinen Monsieur Heriford?«

Auf einmal zeigte sie die Fürsorge einer Grundschullehrerin, die einen Französischfehler ihres Schülers korrigiert. Und das verlieh ihr eine gewisse Anmut, wegen ihres Alters.

»Ja, natürlich, ich meine Monsieur René-Marco Heriford.«

Er warf einen Blick um sich. Der Salon war nicht mehr derselbe wie abends oder nachts. Ein großer, heller Raum mit Diwanen in zarten Farben, das Fenster geöffnet auf die Blätter einer Kastanie, ein Sonnenfleck an der hinteren Wand und dieses Mädchen, das neben ihm saß, mit sehr geradem Oberkörper und die Arme verschränkt. Bestimmt hatte er sich im Stockwerk geirrt.

»Monsieur Heriford kommt immer sehr spät nach Hause. Tagsüber bin ich hier allein mit dem Kind.«

»Dem Sohn von Monsieur René-Marco Heriford?«

Er konnte nicht anders, er musste zum Namen den Vornamen hinzufügen, um ganz sicher zu sein, dass keine Personenverwechslung vorlag.

»Richtig.«

»Und Sie arbeiten schon lange hier?«

»Seit zwei Jahren.«

Sie wunderte sich über keine Frage, obwohl er ein Unbekannter war.

»Bevor ich hergekommen bin, hab ich anzurufen versucht, aber die Leitung war gestört.«

Er schämte sich wegen dieser Lüge, aber schließlich war es eine harmlose Lüge.

»Welche Nummer haben Sie gewählt?«

»AUTEUIL 15.28.«

»Ach nein. Die Nummern sind jetzt siebenstellig.«

Sie betrachtete ihn verwundert. Offenbar hielt sie ihn für einen komischen Kauz.

»Ich gebe Ihnen nachher die richtige Nummer, wenn Sie möchten.«

Angesichts dieser Gutmütigkeit dachte er, er könnte noch weitere Fragen stellen.

»Und Sie kennen die meisten Leute, die abends hier auftauchen?«

Diesmal war ein gewisses Zögern bei ihr zu erkennen.

»Das geht mich nichts an.«

Sie gab sich einen Ruck und fügte hinzu:

»Ich denke, das sind Bekannte von Monsieur Heriford.«

Was verstand sie unter »Bekannte«?

»Und Sie, sind Sie ein Freund von Monsieur Heriford?«

Sie schien daran zu zweifeln. Vielleicht, weil dieser Monsieur Heriford kein Mann in Bosmans Alter war. Die wenigen Abende, an denen »Totenkopf« ihn mitgenommen hatte in diesen Salon, waren die Menschen, die er angetroffen hatte, auch alle älter als er.

»Eine Freundin hat mich Monsieur Heriford vorgestellt. Camille Lucas. Kennen Sie die?«

»Nein. Sagt mir nichts.«

»Und eine Freundin von Camille Lucas, die oft hierherkommt: Martine Hayward?«

»Ich bin manchmal irgendwelchen Leuten begegnet, wenn ich abends das Essen für den Kleinen zubereitet habe. Aber ihre Namen weiß ich nicht. Wenn ich Monsieur Heriford heute Abend sehe, sage ich ihm, dass Sie vorbeigeschaut haben.«

Eine Weile herrschte Stille zwischen ihnen. Vielleicht erwartete sie, dass er sich verabschiedete. Er suchte nach Worten, um Zeit zu gewinnen.

»Bis wann hält der Kleine denn Mittagsschlaf?«

»Bis halb vier. Dann gehe ich oft mit ihm zur Ferme d'Auteuil eine Kleinigkeit essen.«

Die Ferme d'Auteuil. Dieser Ort, nicht weit von der Pferderennbahn, rief eine Kindheitserinnerung wach. Ein Restaurant im Freien, unter Bäumen. Und ganz hinten im Garten der Stall mit ein paar Kühen. Und gleich daneben ein Pony. In seiner Erinnerung lag diese Ferme d'Auteuil ganz nah beim Chevreuse-Tal, der Rue du Docteur-Kurzenne und der Porte Molitor, wo er geboren war. Das alles bildete eine Geheimprovinz. Und keine Generalstabskarte, auch kein Stadtplan von Paris hätte ihm das Gegenteil beweisen können.

»Sie haben recht … Das ist eine gute Idee, die Ferme d'Auteuil.«

»Und Sie, wohnen Sie hier im Viertel?«

Er wusste nicht, ob sie die Frage aus Höflichkeit gestellt hatte oder aus Neugier.

»Ja. Ganz in der Nähe. Ich bin zu Fuß gekommen.«

Er hatte sie angelogen, aber gleich morgen wollte er versuchen, ein Zimmer hier im Viertel zu mieten.

»Und Monsieur Heriford, wohnt der schon lange hier?«

Sie zögerte mit der Antwort.

»Ich glaube, eine Freundin hat ihm die Wohnung geliehen.«

Sollte er noch mehr Fragen stellen? Am Ende könnte sie misstrauisch werden. Aber schließlich musste man Risiken eingehen.

»Und die Mutter des Jungen?«

Ganz offensichtlich war das eine Frage zu viel.

Nach kurzer Verlegenheit sagte sie mit gesenktem Blick:

»Ich weiß nicht … Ich habe sie nie gesehen. Monsieur Heriford hat nie von ihr gesprochen …«

Er suchte nach Worten, um das Unbehagen zu überspielen.

Er legte die Hand auf den Stapel Zeitschriften zwischen ihnen.

»Lesen Sie alle diese Zeitschriften?«

Aber sie hatte es nicht gehört. Sie dachte an etwas anderes.

»Ich traue mich nicht, nach seiner Frau zu fragen … Ich habe das Gefühl, sie ist tot …«

Und es war, als spreche sie mit sich selbst und habe seine Anwesenheit vergessen. Dann drehte sie sich zu ihm.

»Sie können noch ein bisschen bleiben … Der Kleine wird erst um halb vier wach …«

Wahrscheinlich wollte sie lieber nicht allein dasitzen. So verging für sie wohl jeder Vormittag und jeder Nachmittag in dieser leeren Wohnung. Eines der Fenster stand halboffen, aber kein Auto fuhr durch die Straße. Und die Stille war so tief, dass man die Blätter rauschen hörte. Die Personen, die sich am späten Abend hier einfanden, verließen die Wohnung bei Tagesgrauen. Und dann blieben nur sie und das Kind zurück, in dem Zimmer ganz hinten.

»Ja, natürlich … Ich habe alle Zeit der Welt … und mit Vergnügen leiste ich Ihnen Gesellschaft.«

Diese Sätze, die ihm entschlüpften, waren ein wenig feierlich und geziert, wie der letzte Satz einer Theaterszene oder der letzte Vers eines Gedichts, die er für sie aufgesagt hätte. Doch anscheinend war sie nicht verwundert. Außerdem hatte sie im selben Ton geantwortet:

»Das ist sehr liebenswürdig … Und ich danke Ihnen …«

Sie hatte auf ihre Armbanduhr geschaut.

»Nur noch etwa zehn Minuten. Aber wenn er weiterschläft, gehe ich ihn wecken …«

Und dann würde sie wie an jedem Tag die Wohnung mit dem Kind verlassen, und alle beide würden bis zur Ferme d'Auteuil spazieren. An der Wand im Salon war der Sonnenfleck ein Stück weiter nach rechts gewandert, und er bemerkte noch einen zweiten, mitten auf dem Diwan, neben ihnen. Er hatte sich im Stockwerk geirrt. Nein, ausgeschlossen, das konnte nicht der Salon sein, wo »Totenkopf« ihn zwei-, dreimal hingeschleppt hatte und er den Gesprächen ringsherum zu folgen suchte, ohne das kleinste Wort zu verstehen. Und je weiter die Nacht voranschritt, desto lauter wurde die gedämpft spielende Musik, und das Licht wurde allmählich schwächer, bis der Salon völlig im Dunkeln lag. Nun war die Zeit der Gespräche vorbei. Schatten vermischten sich auf den Diwanen, und die Musik überdeckte ihr Flüstern und Seufzen. Und jedes Mal hatte er die Dunkelheit genutzt, um durch die halboffene Salontür ins Vorzimmer zu schlüpfen, Camille, genannt »Totenkopf« und Martine Hayward hinter sich lassend, zwischen all dem Schattendurcheinander auf den Diwanen.

»Woran denken Sie?«

Sie hatte diese Frage in freundlichem, unbeteiligtem Ton gestellt. Er wusste keine Antwort. Starr betrachtete er den Sonnenfleck auf dem Diwan.

»Mir ist, als hätte ich mich im Stockwerk geirrt.«

Doch an ihrem Blick und an ihrem Stirnrunzeln sah er, dass sie nicht verstand, was er sagen wollte.

»Diese Wohnung ist einfach nicht mehr dieselbe, wenn man nachts herkommt. Hätten Sie nicht von diesem Monsieur René-Marco Heriford gesprochen, dann würde ich glauben, ich hätte mich im Stockwerk geirrt.«

Sie hatte ihm mit großer Aufmerksamkeit zugehört, wie eine gute Schülerin, die einer sehr schwierigen Mathematiklehrstunde zu folgen versucht. Und dann hatte sie einen Augenblick geschwiegen, die Stirn noch immer gerunzelt, als müsste sie nachdenken über jedes Wort, das er gesagt hatte.

»Ich habe nicht denselben Eindruck wie Sie … All das, was in der Nacht hier geschieht, betrifft mich nicht. Und ich gebe mir keine Mühe, mehr über die Leute zu erfahren, die Monsieur Heriford empfängt. Ich wurde nur eingestellt, damit ich mich um das Kind kümmere. Verstehen Sie?«

Sie hatte das mit solcher Bestimmtheit gesagt, dass es auf ihn wirkte wie ein Kübel kaltes Wasser, den dir jemand zum Aufwachen ins Gesicht kippt. Er fragte sich, ob er jemals nachts in diese Wohnung gekommen war und ob es sich nicht um einen bösen Traum handelte – einer von diesen Träumen, die oft wiederkehren. Jedes Mal kurz vorm Einschlafen fürchtest du, ihn aufs Neue zu träumen, und dieser Traum ist so hartnäckig, dass du den ganzen Tag hindurch Fetzen davon zurückbehältst, und am Ende kannst du Tag und Nacht nicht mehr auseinanderhalten. Und dennoch, »Totenkopf« hatte ihn wirklich mitgeschleppt in diesen Salon, zwischen all die Schatten. Allmählich zweifelte er jedoch an der Existenz von »Totenkopf« und Martine Hayward.

»Ich habe genau verstanden, was Sie sagten, und ich glaube, Sie haben recht.«

Fast hätte er sich bedankt, dass sie ihn aus einem bösen Traum gerissen hatte. Er war überzeugt, wenn er mit ihr bis zum Ende des Nachmittags und noch weiter in den Abend hinein in diesem Salon bliebe, würde niemand an der Wohnungstür klingeln, weder »Totenkopf« noch Martine Hayward. Auch Rose-Marie Krawell nicht und genauso wenig andere Gespenster.

Sie schaute auf ihre Armbanduhr.

»Zwanzig vor vier. Ich geh den Kleinen wecken … Aber vorher muss ich noch telefonieren … Sie entschuldigen mich?«

Sie stand auf, schenkte ihm ein strahlendes Lächeln und schlüpfte durch die halboffene Doppeltür ins Badezimmer, das mit dem Salon in Verbindung stand, was ihm schon am ersten Abend aufgefallen war, als »Totenkopf« ihn hierhergeschleppt hatte.

Er hörte sie am Telefon reden, aus großer Entfernung, und er vermutete, sie befinde sich in einem Raum weit hinter dem Badezimmer. Die Anordnung der Räume in dieser Wohnung erschien ihm merkwürdig, aber vielleicht bildete er sich nur etwas ein und es handelte sich um eine ganz banal geschnittene

Wohnung, wie man sie zu Hunderten fand in diesem vornehmen Viertel.

Nach ein paar Minuten war sie zurück.

»Es ging um den Kleinen. Ich habe Doktor Rouveix angerufen ... Wie gut, er kommt gleich her und gibt ihm seine Impfung ...«

Das hatte sie mit beruflichem Ernst gesagt, und als würde er diesen Doktor Rouveix kennen.

»Das ist praktisch ... Doktor Rouveix wohnt nur ein paar Schritte von hier, und für den Kleinen macht er immer einen Hausbesuch.«

Er dachte, er müsse sich vor Doktor Rouveix' Ankunft verabschieden.

Er stand auf.

»Und ich vermute, anschließend gehen Sie mit dem Kleinen zur Ferme d'Auteuil?«

»Ich weiß nicht. Ich muss Doktor Rouveix fragen, ob er nicht besser hierbleibt, nach der Impfung.«

Sie begleitete ihn bis zur Wohnungstür.

»Ich gebe Ihnen die jetzige Telefonnummer«, sagte sie mit feinem Lächeln. »Die siebenstellige Nummer ...«

Sie reichte ihm ein weißes Blatt, doppelt zusammengefaltet.

»Sie können vormittags anrufen oder am frühen Nachmittag. Ich bin immer hier.«

Sie schien einen Augenblick zu zögern. Dann mit leiserer Stimme:

»Aber wählen Sie am Abend nicht AUTEUIL 15.28. Sie laufen Gefahr, auf Leute zu treffen, die kein guter Umgang sind.«

Sie lachte kurz.

Am Treppenabsatz schien der Aufzug zu warten, als habe ihn seit seinem Eintreffen am frühen Nachmittag niemand mehr benutzt. Bevor sie die Wohnungstür schloss, winkte sie ihm noch einmal flüchtig.

AUF DER STRASSE faltete er das Papier auseinander, das sie ihm gegeben hatte. Darauf stand: Kim 288.15.28.

Komischer Vorname. Doch er hatte etwas Fröhliches und Lebhaftes, wie das zarte kristallhelle Signal, das der Kontrolleur in den alten Bussen mit Plattform erzeugte, wenn er mit einem Ruck an der Kette zog, um die Abfahrt zu verkünden. Und überdies waren Sonne und frische Luft so frühlingshaft wie am Beginn des Nachmittags. Nur eine Sache machte ihm Kopfzerbrechen: Die neue Nummer der Wohnung war siebenstellig, doch es blieben die letzten vier Ziffern der alten: AUTEUIL 15.28. Er war jedoch sicher, er würde die Stimmen aus dem Jenseits nicht mehr hören, wenn er 288.15.28 wählte. Ein schöner Frühlingstag hatte dafür gereicht.

Gegen Ende der Rue Michel-Ange begegnete er einem brünetten Mann mit sonnengebräuntem Gesicht, kurzem Haar und sportlichem Gang, in der Hand eine Ledertasche, die er leicht hin und her schwenkte. Sie wechselten einen Blick, und er war versucht ihn anzusprechen. Vielleicht war das Doktor Rouveix. Er drehte sich um und sah ihn mit regelmäßigem Schritt dahingehen. Gern wäre er ihm gefolgt, um sich zu vergewissern, ob er wirklich den Weg zu dem Wohnhaus einschlug, fand es aber unnötig und indiskret. Wenn er das nächste Mal 288.15.28 anrief, würde er Kim eine physische Beschreibung dieses Mannes geben und sie fragen, ob das tatsächlich Doktor Rouveix war.

Er empfand ein Gefühl von Leichtigkeit, während er an diesem Nachmittag aufs Geratewohl durch die Straßen Auteuils spazierte. Er dachte an diese Wohnung, tagsüber so anders als bei Nacht, dass sie zwei parallelen Welten angehörte. Aber warum hätte ihn das beunruhigen sollen, wo er doch seit Jahren daran gewöhnt war, auf einer schmalen Grenze zu leben zwischen Wirklichkeit und Traum, und manchmal erhellten sie einander oder vermischten sich, während er mit festem Schritt seinem Weg folgte, ohne auch nur einen Zentimeter abzuweichen, denn er wusste genau, das hätte ein labiles Gleichgewicht zerstört? Mehrmals hatte man ihn einen »Schlafwandler« genannt, und in gewisser Weise empfand er das Wort als Kompliment. In früheren Zeiten befragte man Schlafwandler wegen ihrer Sehergabe. Er fühlte sich ihnen nicht ganz fremd. Die Hauptsache war, nicht abzurutschen von der Kammlinie und zu wissen, bis an welche Grenze man sein Leben träumen kann.

Gern wäre er bis zur Ferme d'Auteuil gelaufen, um nachzuschauen, ob sie übereinstimmte mit seinen Erinnerungen. Der Ort hatte sich gewiss verändert, im Lauf von fünfzehn Jahren, und sein ländliches Aussehen verloren. Während er sich dem Bereich der Pferderennbahn näherte, erinnerte er sich, dass er einmal in diese Ferme d'Auteuil gekommen war, in Begleitung von Rose-Marie Krawell und einem brünetten, eher großgewachsenen Mann, den er außerstande gewesen wäre zu erkennen, hätte man ihm ein Foto vor Augen gehalten aus der damaligen Zeit. Das einzige Detail, das er diesen gesichtslosen Mann betreffend hätte anführen können, war die Uhr, die er am Handgelenk trug, eine riesige Uhr, deren viele, verschieden große Zifferblätter die Tage, Monate und Jahre anzeigten und sogar die unterschiedlichen Formen des Mondes in jeder Nacht. Der Mann hatte das alles erklärt, ihm seine Uhr hingehalten und sogar erlaubt, dass er sie für einen Augenblick um sein Handgelenk legte. Und er hatte betont, es handle sich um eine »amerikanische Armeeuhr«, zwei Wörter, deren Klang für ihn mehr gezählt hatte als die genaue Bedeutung, denn immer noch hallten sie mit dumpfem Echo in seinem Gedächtnis.

In der Ferme d'Auteuil, an jenem Nachmittag, saß Rose-Marie Krawell ihm gegenüber. Auch bei ihr fragte er sich, ob er sie wiedererkannt hätte, nach fünfzehn Jahren. Eine blonde Frau mit großen hellen Augen. Ziemlich kurzes Haar. Mittelgroß. Trug Armbänder aus dicken Kettengliedern. Mit diesen diffusen Worten hätte er sie beschrieben. Und darüber hinaus waren ihm noch ein paar Eindrücke geblieben. Ihre tiefe Stimme. Ihre etwas schroffe Art zu sprechen. Ihr Feuerzeug, das sie aus der Handtasche holte und ihm zum Spielen gab. Ein parfümiertes Feuerzeug.

Beim Verlassen der Ferme d'Auteuil waren sie alle drei, Rose-Marie Krawell, der Mann und er, in ein schwarzes Auto gestiegen. Rose-Marie Krawell saß am Steuer, der Mann neben ihr und er selbst auf der Rückbank. Und sie waren in einer Wohnung unweit der Ferme d'Auteuil gestrandet, denn die Fahrt war ihm kurz vorgekommen. Aber wenn es um Kindheitserinnerungen geht, muss man misstrauisch sein bei allem, was irgendwelche Entfernungen betrifft und die Zeit, die man gebraucht hat, um von einem Punkt an den andern zu gelangen, und ebenso bei der Aufeinanderfolge von Ereignissen, wenn man glaubt, alle hätten sich am selben Nachmittag abgespielt, während sie doch im Abstand von Wochen oder Monaten stattgefunden haben.

In einem Raum der Wohnung saß Rose-Marie Krawell auf der Kante eines Schreibtisches und telefonierte. Sie hatte ihm das Feuerzeug wieder abgenommen, das sie ihm zum Spielen geliehen hatte, und sie zündete sich eine Zigarette an, mit diesem parfümierten Feuerzeug. Der Mann mit der »amerikanischen Armeeuhr« hockte neben ihm auf einem Kanapee und erklärte, wie man an dieser Uhr ein kurzes Klingeln auslöste, genau zu der Stunde, da man morgens geweckt werden wollte. Man musste nur den blauen Zeiger auf die entsprechende Zeit stellen und einen Knopf drücken, unten am Zifferblatt. Doch abgesehen von diesem präzisen Hantieren erinnerte er sich an keine andere Einzelheit dieses Tages, als untersuchte er mit der Lupe das einzig übriggebliebene Fetzchen von einem zerrissenen Foto.

Er war auf dem Boulevard angekommen, ganz nah bei der

Pferderennbahn. Doch plötzlich entschied er sich, diesen Boulevard nicht zu überqueren und nicht weiterzugehen bis zur Ferme d'Auteuil. Er verspürte keine Lust mehr, eine solche Wallfahrt allein zu machen. Er erinnerte sich, auf dem Zifferblatt der »amerikanischen Armeeuhr« konnte man durch bloßen Knopfdruck die Zeiger in die verkehrte Richtung laufen lassen. Wenn er heute die Schwelle zur Ferme d'Auteuil überschritt und sich an einen der Tische setzte, draußen im Garten, würde er den Lauf der Zeit zurückdrehen. Er säße am gleichen Tisch, in Gesellschaft von Rose-Marie Krawell und dem Mann mit der »amerikanischen Armeeuhr«, doch in seinem jetzigen Alter. Die beiden wären genau die gleichen wie vor fünfzehn Jahren. Sie wären um keinen Tag gealtert. Und er könnte ihnen endlich ein paar klare Fragen stellen. Wären sie imstande zu antworten? Und würden sie es wollen?

DOCH WENN IHM damals fünfzehn Jahre als eine so lange Zeit erschienen, dass Kindheitserinnerungen endgültig unscharf sein mussten, was sollte er dann heute sagen? An die fünfzig Jahre waren verstrichen seit jener Fahrt mit Camille und Martine Hayward durch das Chevreuse-Tal, bis zu dem Haus in der Rue du Docteur-Kurzenne. Ja, an die fünfzig Jahre seit dem ersten Nachmittag, den er mit Kim im Salon der Wohnung in Auteuil verbracht hatte und an dem er Doktor Rouveix begegnet war – ja, tatsächlich ihm –, seit jenem Nachmittag in einem lauen Frühling, und er hätte gern gewusst, in welchem Jahr. Frühling vierundsechzig oder fünfundsechzig? Sie vermischten sich in seiner Erinnerung, er fand keine festen Orientierungspunkte, um sie auseinanderzuhalten.

In welchem Zusammenhang hatte er Camille, genannt »Totenkopf«, kennengelernt? Die Frage hatte er sich nie gestellt, im Verlauf von fünfzig Jahren. Die Zeit hatte nach und nach die einzelnen Abschnitte seines Lebens verwischt, keiner hing mit dem nachfolgenden zusammen, sodass dieses Leben nur eine Folge von Brüchen gewesen war, von Lawinen oder sogar Amnesien.

Wo also war ihm Camille zum ersten Mal begegnet? Nach einigen Gedächtnisanstrengungen erschien ein verschwommenes Bild. Camille, in einem Café sitzend, an einem Nachbartisch, ein Wintertag, denn die andern Gestalten um sie herum trugen Mäntel. Und er schloss daraus, es konnte nur in dem Restaurant an der Place Blanche gewesen sein, im Erdgeschoss. Tatsächlich sah er sich an jenem Tag mit Camille die Straße überqueren und ihr in die Apotheke folgen. Vor ihnen warteten schon ein paar Kunden, und sie wirkte nervös. Sie hielt ein Rezept in der Hand. Sie erklärte ihm mit leiser Stimme, sie sei nicht sicher, ob man ihr das Medikament geben werde, das Rezept stamme aus dem vergangenen Jahr. Doch kaum hatte sie dieses Rezept einer der Apothekerinnen ausgehändigt, ging diese nach hinten in den Laden und kam mit einer kleinen rosa Schachtel wieder, ohne die geringste Bemerkung, eine kleine rosa Schachtel, die sie immer in ihrer Handtasche dabeihatte, wie ihm später auffiel, und die sie auf den Nachttisch legte. So findet man scheinbar nebensächliche Details, die überwintert haben in grauer Vorzeit. Er erinnerte sich an die dicke Schneeschicht über Paris, in jenem Winter, und dass sie mit ihren Schuhen darin versanken. Und auch an das Glatteis.

Sie bewohnte, ein Stück unterhalb der Place Blanche, ein Zimmer in einer gekrümmten Straße, deren Namen er vergessen hatte. Eine Kleinigkeit hatte ihn von Anfang an stutzig gemacht. Sie hieß Camille Lucas, doch eines Abends, als er auf sie wartete, hatte er in ihrem Zimmer einen Reisepass entdeckt, in dem stand: Lucas, Camille Jeannette, verehelichte

Gaul, geboren in Nantes am 16. September 1943. Er hatte sie gefragt, warum »verehelichte Gaul«. Sie hatte mit den Schultern gezuckt.

»Ich hab zu früh geheiratet … Meinen Mann habe ich schon drei Jahre nicht mehr gesehen …«

Sie arbeitete in einem Büro. Er hatte sie mehrmals abgeholt, im ersten Stock eines jener Häuser gegenüber der Gare Saint-Lazare, wo nachts Leuchtreklamen blinken, deren bunte Buchstaben in einem fort vorüberziehen. Was war das eigentlich für ein Büro? Sie hatte ihm erklärt, es handle sich um eine Buchhaltung. Sie sagte das Wort »Buchhaltung« mit großem Ernst. Sie hatte eine »Ausbildung in Buchhaltung« absolviert, und er hatte sich nie zu fragen getraut, worin die genau bestand.

Sie war froh, dass sie diese Arbeit im Saint-Lazare-Viertel gefunden und ihre vorige Stelle aufgegeben hatte, ebenfalls ein »Buchhaltungsposten«, in einem Hotel-Restaurant, ein Stück weiter oben, in der Rue de La Rochefoucauld.

Ein Detail spülte manchmal weitere Details in sein Gedächtnis, verkleistert mit dem ersten, so wie die Strömung halb zersetzte Algenklumpen anspült. Und dann hilft einem außerdem noch die Topographie, fernste Erinnerungen wachzurufen. Er sah sich jetzt mit »Totenkopf« in einem Café bei Saint-Lazare, auf derselben Straßenseite wie das Haus mit ihrem Büro, eines dieser Cafés, die zu nahe am Bahnhof liegen, die Gäste haben keine Zeit zum Verweilen. Sie trinken etwas am Tresen, bevor sie sich wieder fortziehen lassen und in der Stoßzeitmenge verschwinden. Dieses Café war auch so etwas wie ein Grenzposten des 8. Arrondissements. Hinten im Raum ging das Fenster auf eine ruhige Straße. Folgte man ihr geradeaus, bis ans Ende, dann entfernte man sich von der Menge und der Kloake Saint-Lazare, und irgendwann käme man zu den schattigen Gärten der Champs-Élysées.

Ja, und an dem Tisch ganz hinten, direkt beim Fenster, hatte Bosmans mehrmals in Gesellschaft Camilles und eines ihrer Freunde gesessen; von ihrem vorigen Arbeitsplatz war er der einzige unter den »Kollegen«, wie sie sich ausdrückte, den sie als Freund behalten habe.

Ein gewisser Michel da Gama. Vorname und Name waren ihm im Gedächtnis geblieben, denn er hatte sich später viele Fragen gestellt über den Namensträger. Camille hatte ihn also kennengelernt, als sie in dem Hotel-Restaurant in der Rue de La Rochefoucauld arbeitete. Er war mehr oder weniger ein Kompagnon des »Chefs«, und sie redeten oft von andern Personen, »Kollegen« oder Gästen dieses Hôtel Chatham.

Michel da Gama war älter als sie beide. Ein Brünetter mit nach hinten gekämmtem Haar, allzu sorgfältig gekleidet, in dunkle Anzüge mit farblich abgestimmter Krawatte. »Totenkopf« zufolge besaß er eine französische Mutter, und sein Vater habe »in einer südamerikanischen Botschaft« gearbeitet. Er selbst sprach Französisch auf kuriose Art, mal mit einem undefinierbaren Akzent, mal sehr pariserisch mit Argot-Wör-

53

tern. Und wegen dieser Dissonanz empfand man beim Zuhören ein leichtes Unbehagen.

In dem Café bei Saint-Lazare schien Michel da Gama sich zu verstecken; die vielen an der Theke stehenden Gäste machten ihn unsichtbar, wenn er dort hinten im Raum saß, fern vom Gedränge und allgemeinen Stimmengewirr. Links von seinem Tisch führte eine kleine Glastür hinaus auf die ruhige Straße, wahrscheinlich die Rue d'Anjou, Rue de l'Arcade oder Rue Pasquier. Er nahm immer die kleine Glastür, um das Café zu betreten, so wie jemand sich unrechtmäßig durch den Notausgang in ein Kino schleicht. Und das leichte Unbehagen, das man in seiner Gegenwart empfand, kam auch daher, dass er zwar wie ein Wasserfall redete und sogar mit einem gewissen Aplomb, man aber dennoch das Gefühl hatte, er sei auf der Lauer, fürchte in jedem Augenblick eine Razzia.

Bosmans hatte Camille gefragt, warum sie diesen Michel da Gama weiterhin sehe, obwohl sie doch alle, die sie aus dem Hotel-Restaurant in der Rue de La Rochefoucauld kannte, in ziemlich schlechter Erinnerung behalten habe. Sie hatte ausweichend geantwortet: »Ich möchte nicht, dass er beleidigt ist.« Ganz offensichtlich weckte er bei ihr eine gewisse Furcht. Er sei immer irgendwo hier im Viertel, und sie laufe Gefahr, ihm nach der Arbeit zu begegnen oder ein Stück weiter oben, da, wo sie wohnte.

Sie gestand, dass sie lieber nicht allein mit Michel da Gama zusammentraf, und jedes Mal bat sie Bosmans, mitzukommen zu ihren Verabredungen. Eines Nachmittags gegen fünf saß er am gewohnten Tisch, ganz hinten im Café, zwischen Camille und Michel da Gama. Ihm fiel auf, dass dieser an einem Finger der linken Hand einen Siegelring trug, auf dessen Platte ein Wappen eingraviert war. Und sicher lag es an diesem Ring, dass er eine Frage in leicht ironischem Ton stellte:

»Sind Sie verwandt mit dem Seefahrer Vasco da Gama?«

Der andere musterte ihn mit hartem Blick und verharrte eine Weile in Schweigen, einem Schweigen, das einer Drohung gleichkommt. Camille hatte seinen Blick auch bemerkt und schien nervös.

»Hören Sie nicht? Ich habe Sie gefragt, ob Sie verwandt sind mit dem Seefahrer Vasco da Gama?«

Obwohl er immer so umgänglich war und so sanft, passierte es, dass er unverschämt wurde in Gegenwart einer Person, für die er keinerlei Sympathie empfand.

Doch plötzlich hatte der harte Blick sich getrübt, und Michel da Gama lächelte, ein breites Lächeln, das freilich gezwungen wirkte.

»Ich sehe, Sie interessieren sich für meine Familie. Leider kann ich Ihnen nicht viel dazu sagen.«

Die Worte waren mit jenem fremdländischen Akzent gesprochen, in den er zuweilen verfiel und der etwas Gekünsteltes hatte. Und der Blick musterte ihn, als wollte er ihm begreiflich machen, dass es nun wirklich besser wäre, das Gesprächsthema zu wechseln.

»Das ist gar nicht schlimm«, hatte Camille achselzuckend gesagt. »Jean interessiert sich sehr für Genealogie und Familiennamen.«

Sie waren alle drei durch die kleine Glastür hinausgegangen. Auf dem Trottoir hatte ihm Michel da Gama beim Verabschieden die Hand gedrückt.

»Wissen Sie, man darf im Leben nicht allzu neugierig sein«, hatte er gesagt.

Und wieder ein Lächeln, das aber nichts Freundschaftliches hatte, wegen des auf ihn gehefteten kalten Blicks.

Er ging durch die Rue de l'Arcade davon oder durch die Rue Pasquier oder die Rue d'Anjou. Sie beide standen da, stumm, als warteten sie darauf, ihn aus den Augen zu verlieren.

Camille war nachdenklich.

»Mit dem muss man aufpassen. Er ist manchmal ein bisschen empfindlich.«

Und sie erklärte ihm andeutungsweise, Michel da Gama und die paar Leute, die sie in der Rue de La Rochefoucauld kennengelernt hatte, in diesem Hôtel Chatham, seien ihr gegenüber zwar immer sehr freundlich gewesen, »mochten es aber nicht besonders, dass man ihnen Fragen stellt«. Und doch habe, »was die Buchhaltung anlangte«, alles »normal« gewirkt im Hôtel Chatham, ja sogar mustergültig.

Er verstand nicht, wer genau diese Leute waren, und Camilles Erklärungen fehlte es an Klarheit. Er merkte, sie hatte

Angst, sie könnte zu viel sagen. Da war also der Direktor dieses Hôtel Chatham, zu dessen Mitarbeitern Michel da Gama zählte, und zwei Freunde von ihnen, die sich um das Restaurant kümmerten. Und ein paar andere Freunde, Gäste des Hotels und des Restaurants. Das ergab eine »Gruppe« von etwa zehn Personen. Er musste noch viele Jahre warten, bevor er mehr erfuhr über das Hôtel Chatham und die »Gruppe«, auf die Camille angespielt hatte, ein Kreis von ziemlich beängstigenden Individuen. Dieser neue Blick änderte jedoch nichts an den Erinnerungen, die er aus diesem Abschnitt seines Lebens bewahrte. Im Gegenteil, er bestätigte gewisse Eindrücke von früher, diese waren intakt geblieben und genauso stark, als wäre die Zeit aufgehoben. Damals war er immerzu durch Paris gelaufen in einem Licht, das den Menschen, denen er begegnete, und den Straßen ein sehr kräftiges Strahlen verlieh. Dann hatte er im Älterwerden allmählich bemerkt, dass dieses Licht verkümmert war; es gab den Menschen und Dingen nun wieder ihr wahres Aussehen und ihre wahren Farben – die trüben Farben des Alltags. Er sagte sich, auch seine Aufmerksamkeit als nächtlicher Beobachter hatte nachgelassen. Aber vielleicht hatten sich nach so vielen Jahren diese Welt und diese Straßen dermaßen verändert, dass sie ihn an nichts mehr erinnerten.

ER BEGLEITETE CAMILLE noch zwei-, dreimal zu ihren Verabredungen im Saint-Lazare-Viertel mit Michel da Gama. Dieser schien die Frage seinen Familiennamen betreffend vergessen oder verziehen zu haben und zeigte ihm gegenüber eine vordergründige Freundlichkeit. Bei der letzten dieser Verabredungen im Café hatte Michel da Gama kurz vorm Gehen auf ihn deutend zu Camille gesagt:

»Du solltest ihn wirklich mal zum Abendessen ins Chatham mitbringen.«

Camille schwieg verlegen. Michel da Gama hatte sich zu ihm gedreht:

»Ich bin neugierig, was Sie vom Chatham halten … Ich bin sicher, dieser Ort wird Sie interessieren.«

»Ja, aber er ist nicht gewohnt, spätnachts solche Orte aufzusuchen«, hatte Camille mit schroffer Stimme gesagt, als wollte sie ihn beschützen.

»Dann kommen Sie doch einfach nur auf ein Glas vorbei«, hatte Michel da Gama gesagt.

»Gern.«

Camille schien von seiner Antwort überrascht. Aber diese Einladung hatte er für belanglos erachtet. Er spürte einen kleinen Gewissensbiss, weil er diesen Mann gekränkt hatte, als er neulich Vasco da Gama erwähnte, obwohl er nicht verstand, warum der andre gleich eingeschnappt war wegen dieser Bagatelle.

»Kommen Sie doch alle beide morgen um sieben.«

Er ging die Straße hinunter, sehr gerade in seinem dunklen Anzug. Er trug keinen Mantel, trotz der Kälte, wahrscheinlich aus Eitelkeit.

»Darauf hättest du dich nicht einlassen dürfen«, sagte Camille. »Der Typ ist kein guter Umgang.«

Ob dieser »Typ« guter Umgang war oder nicht, hatte für Bosmans keine Bedeutung. Was war von ihm zu befürchten? Und vor allem, hieß er wirklich Michel da Gama? Die Frage hatte er sich sofort gestellt. Wenn ein Mann nicht seinen richtigen Namen trägt, dann, weil er an sich selbst zweifelt. Und außerdem, in dem Café bei Saint-Lazare saß er immer mit dem Rücken zur Wand und blickte unruhig zu den neu eintretenden Gästen drüben am Tresen, als fühle er sich nicht ganz in Sicherheit. »Ich bin neugierig, was Sie vom Chatham halten«, hatte er gesagt. Und er, Bosmans, war neugierig, Michel da Gamas Auftreten an jenem Ort zu beobachten.

*

Eine jener stillen Gassen, bevor man in die Umgebung von Place Pigalle und Place Blanche kommt, in der Zone, die er »die ersten Steigungen« nannte. Fassade und Eingang des Hotels unterschieden sich nicht von den Nachbarhäusern. Der Speisesaal des Restaurants ging auf die Straße. Am Hoteleingang trug eine ovale Tafel aus schwarzem Marmor eine Schrift in Goldbuchstaben: HÔTEL CHATHAM.

Camille war auf dem Trottoir stehengeblieben, mit besorgter Miene.

»Komisches Gefühl, wieder hierherzukommen …«

Michel da Gama erwartete sie in einer Art kleinem Salon, links von der Rezeption, mit einem Kamin aus weißem Marmor, auf dem eine alte Stutzuhr stand. Ein paar Stiche an den Wänden zeigten Jagdszenen. In einer Ecke des Raums eine dunkle Holzbar. Fast hätte man sich in einem Landgasthof gewähnt.

Er wirkte entspannter als in dem Café bei Saint-Lazare. Er deutete, sie sollten auf dem Kanapee Platz nehmen, gleich neben der Bar. Dann trat er selbst dahinter und füllte drei Gläser mit einer Flüssigkeit, nach der Flaschenform wohl Portwein.

Er setzte sich ihnen gegenüber. Er musterte Bosmans mit fragendem Blick, als erwarte er von ihm ein Urteil über das Hotel. Jetzt musste schnell etwas gesagt werden.

»Es ist sehr ruhig hier …«

Bosmans bereute, dass er keine anderen Worte fand. Doch

ein Lächeln erhellte zu seiner Erleichterung Michel da Gamas Gesicht.

»Genau das wollten wir machen, ich und mein Kompagnon Guy Vincent«, sagte er diesmal mit seinem leicht fremdländischen Akzent. »Etwas Ruhiges, Einfaches und Klassisches.«

Und er hob sein Glas, damit sie alle drei anstießen.

»Camille kann Ihnen ihr altes Büro zeigen.«

»O nein … lieber nicht.«

Das hatte sie mit sanfter Stimme gesagt, wie um sich zu entschuldigen und Michel da Gama nicht zu kränken.

»Es ist das Büro meines Kompagnons Guy Vincent. Er ist nicht oft in Paris und hat es Camille geliehen.«

Sie nickte mit einer Miene, als wollte sie ihr Unglück geduldig ertragen. Bosmans fürchtete, sie könnte plötzlich aufspringen und ihn mit hinausziehen.

»Wir empfangen hier Stammgäste. Und oft auch Freunde von uns. Alle zusammen bilden einen kleinen Klub.«

Er übertrieb seinen fremdländischen Akzent, und man konnte englische Intonationen ausmachen. Für diese Sprechweise und den Schnitt seines Anzugs hatte er bestimmt einen eleganten Mann als Vorbild, den er bewunderte.

»Hier ist vor der Abendessenszeit nie jemand«, sagte Michel da Gama unvermittelt, wahrscheinlich um die Stille zu rechtfertigen, die im Hotel herrschte. »Es ist eine friedliche Stunde … Die blaue Stunde, wie mein Kompagnon Guy Vincent sagen würde.«

Es war das dritte Mal, dass Bosmans die Worte »mein Kompagnon Guy Vincent« hörte. Der Name Guy Vincent war ihm nicht unbekannt. Aber jetzt, in diesem Augenblick, hätte man ihn unversehens gefragt, er wäre außerstande gewesen, genau zu sagen, was er für ihn bedeutete. Vielleicht beeindruckte ihn bloß der einfache Klang dieses Namens.

Michel da Gama hatte nicht mehr den unruhigen Blick wie in Saint-Lazare. Er schien sich wohlzufühlen in der Bar oder vielmehr im Salon dieses Hotels, als wäre er hier zuhause und genieße zwischen diesen Wänden eine Art diplomatische Immunität. Doch wahrscheinlich verlor sie ihre Gültigkeit, sobald er einen Fuß auf die Straße setzte. Was hatte er eigentlich für einen Status? Vielleicht ein Aufenthaltsverbot? Bosmans hätte ihn gern gefragt.

»Ich muss Ihnen die Zimmer zeigen.«

Jetzt hatte er wieder seinen pariserischen Akzent.

»Nicht heute Abend«, sagte Camille kurz angebunden. »Wir kommen sowieso wieder.«

Doch man erriet, das war ein leeres Versprechen.

»Camille schlief manchmal in einem der Zimmer«, sagte Michel da Gama und drehte sich zu ihm.

»Nur wenn ich viel Arbeit hatte und sehr früh aufstehen musste.«

Und in ihrer Stimme lag ein Anflug von Gereiztheit.

Michel da Gama zog ein Päckchen englischer Zigaretten aus der Tasche und entzündete eine mit dem Feuerzeug. Er musste es mehrmals versuchen, bevor die Flamme hervorschoss, eine hohe Flamme, die bei Bosmans eine gewisse Verwunderung hervorrief. Und als der andere das Feuerzeug wieder zuklappte, erinnerte ihn dieses harte Geräusch an etwas.

»Sie haben ein sehr schönes Feuerzeug.« Und ihn beschlich das Gefühl, diesen Satz habe soeben ein Doppelgänger von ihm ausgesprochen.

»Und es macht eine sehr schöne Flamme … Möchten Sie probieren?«

Michel da Gama reichte ihm das Feuerzeug. Kaum hielt er es zwischen Daumen und Zeigefinger, spürte er etwas Altvertrautes. Das bestätigte sich, als die Flamme wieder hervorschoss, eine Flamme, die überraschend hoch war für ein so kleines Feuerzeug. Was er empfand, warf ihn mit Wucht fünfzehn Jahre zurück, und der Stoß kam so unerwartet wie bei den Autoscootern in seiner Kindheit. Er sah blitzartig, wie Rose-Marie Krawell ihm dasselbe Feuerzeug reichte und sagte, er solle aufpassen mit der Flamme.

»Ja, ein sehr schönes Feuerzeug. Aber man muss aufpassen mit der Flamme.«

Er hatte das Feuerzeug Michel da Gama zurückgegeben, und dieser musterte ihn verwundert, denn Bosmans machte bestimmt ein komisches Gesicht, während er einen Satz aus so tiefer Vergangenheit wiederholte.

»Zeig ihm doch jetzt dein altes Büro«, sagte Michel da Gama, an Camille gewandt.

Wortlos erhob sie sich. Sie hatte Bosmans Arm genommen, und beide gingen über einen langen Flur, von der Decke her beleuchtet durch etwas, das ihm vorkam wie Nachtlichter.

»Ich zeige dir das Büro, und dann erklären wir ihm, dass wir wegmüssen«, sagte sie leise.

Sie öffnete eine Tür, an der ein kleines Goldschild mit Nummer hing, ursprünglich wohl die Tür zu einem der Hotelzimmer. Das Licht fiel von einer Deckenlampe, ein sehr schwaches Licht. Ein Schreibtisch aus hellem Holz in der Mitte des Raums und in der Ecke ein sehr schmaler Diwan. Das Fenster ging auf einen Hof.

»Hier hast du die Buchhaltung gemacht?«

In seiner Stimme lag nicht die kleinste Ironie, vielmehr ein gewisser Ernst.

»Ja. Hier.«

Er trat an den Schreibtisch und setzte sich in den Ledersessel. Auf beiden Seiten viele Schubladen.

»Das also war der Schreibtisch von Guy Vincent?«

Sie nickte, aber man hätte meinen können, sie denke an etwas anderes, vielleicht daran, so schnell wie möglich aus diesem Raum zu kommen. Auch er war in seine Gedanken versunken. Die Flamme des Feuerzeugs, das Michel da Gama ihm in die Hand gedrückt hatte, war eine Erleuchtung gewesen. Diese Flamme beschien ein dunkles Zimmer, und der Name Guy Vincent war ihm, nach lang andauernder Amnesie, von neuem vertraut.

Da stand zufällig auch ein Foto auf der rechten Schreib-
tischecke, in einem Rahmen aus granatrotem Leder, und als
er sich darüberbeugte, erkannte er Guy Vincent, den Arm
um die Schulter einer Frau gelegt, seiner Frau – und er erinnerte sich an ihren Vornamen: Gaëlle. Doch sie kam viel weniger oft als er in das Haus der Rue du Docteur-Kurzenne.
Bosmans erinnerte sich an sie nur am helllichten Tag. Sie
hatte nie in dem Haus geschlafen. Wenn Guy Vincent alleine
kam, bewohnte er das große Zimmer im ersten Stock. Auf
dem Foto erkannte er ihn gut: das kurze Haar, den hohen
Wuchs, die hellen Augen. Er glaubte damals, Guy Vincent sei
»Amerikaner«, wegen seiner Allüren und seines Cabrios, und
auch weil er über ihn gehört hatte, er sei ziemlich lange in
Amerika gewesen. Und doch war sein Name französisch.
Plötzlich erinnerte er sich an einen Satz von Guy Vincent, eines Nachmittags in der Rue du Docteur-Kurzenne, als dieser
ihn gebeten hatte, im Briefkasten nachzuschauen, ob Post
für ihn gekommen sei. Tatsächlich hatte er einen Brief ge-
funden, und auf dem Umschlag stand geschrieben: Roger
Vincent, dazu die Adresse des Hauses. Beim Überreichen des
Briefes hatte er gesagt: »Weißt du, ich ändere von Zeit zu
Zeit gern meinen Vornamen«, als schulde er ihm eine Erklärung.

Camille stand vor ihm und beobachtete ihn stumm. Er begegnete ihrem Blick. Ahnte sie irgendwas? Sie wusste fast
nichts von ihm, er hatte ihr nie etwas erzählt über sein Leben

vor ihrer Begegnung, und niemals wäre er auf die skurrile Idee gekommen, in ihrer Gegenwart Kindheitserinnerungen zu erwähnen. Und außerdem hatte er das Gefühl, sie interessiere sich nur für den gegenwärtigen Augenblick.

Er zog eine Schublade nach der andern heraus, auf beiden Schreibtischseiten, um den Inhalt zu überprüfen, und Camille musste lächeln.

»Na, machst du eine Durchsuchung?«

Das hatte sie in spöttischem Ton gesagt, und das Wort »Durchsuchung« bereitete ihm ein gewisses Unbehagen. Warum hatte sie diesen Ausdruck verwendet?

Die Schubladen auf der linken Seite waren leer. Leer auch die ersten drei Schubladen rechts. Aber die untere Lade enthielt drei Bogen Briefpapier und ein in grünes Leder gebundenes Notizbuch.

Camille hatte sich auf den schmalen Diwan gesetzt und lehnte mit dem Rücken an der Wand. Und sie beobachtete ihn noch immer mit einem Lächeln um die Lippen. Es handelte sich wirklich um drei Bogen Briefpapier, ein bisschen vergilbt durch die Zeit und unbeschrieben, ganz oben stand in filigranen Buchstaben gedruckt: »Guy Vincent, 12, Rue Nicolas-Chuquet, Paris XVIIe«. Und das Notizbuch aus grünem Leder war ein Taschenkalender, doch merkwürdigerweise fehlte das Blatt mit der Jahreszahl.

Er faltete die Papierbogen zweimal und steckte sie in die Innentasche seiner Jacke, ebenso den Kalender. Das Foto im Lederrahmen war zu groß, er konnte es nicht in einer anderen Tasche verbergen. Camille hatte sein Zögern bemerkt. Sie deutete auf ihre Handtasche, fast so groß wie eine Reisetasche. Er stopfte das Foto hinein.

»Kennst du Guy Vincent?«, fragte er sie.

»Ich habe ihn nur einmal gesehen, als ich hier zu arbeiten anfing. Er ist fast nie in Paris.«

Sie sprach mit ruhiger, gleichmütiger Stimme. Sie war kein bisschen überrascht, als sie beobachtet hatte, wie er die Briefbogen, den Kalender und das Foto an sich nahm.

»Du weißt nicht zufällig, bei welcher Gelegenheit Michel da Gama und Guy Vincent sich kennengelernt haben?«

Diese Frage schien sie nicht zu verwundern.

»Ich weiß nicht, ich …«

Sie hatte die Schultern gezuckt. Ein solcher Gleichmut und eine solche Lässigkeit kamen ihm plötzlich verdächtig vor, und er erinnerte sich an den Ausdruck »Durchsuchung«, den sie gebraucht hatte, als sie zuschaute, wie er in den Schreibtischladen stöberte.

»Haben sie sich im Gefängnis kennengelernt?«

Er hatte die Frage brüsk gestellt. Wenn sie mehr über Guy Vincent wusste, als sie sagen wollte, war das vielleicht ein Weg, sie zum Reden zu bringen. Aber sie lächelte weiter, als habe sie nichts gehört.

»Du solltest ihn selber fragen …«

Und diese Antwort hatte sie in so freundlichem Ton gesprochen wie jemand, der dir einen Rat gibt – in aller Bescheidenheit.

*

Sie trafen Michel da Gama allein an der Hotelrezeption, er beendete gerade ein Telefongespräch.

»Nun, hat sie Ihnen das Büro meines Kompagnons Guy Vincent gezeigt?«

Auch er lächelte, doch sein Lächeln war anders als das von Camille, ein leicht gezwungenes Lächeln, als bereite ihm irgendetwas Sorgen. Vielleicht etwas, das sein Gesprächspartner am Telefon gesagt hatte. Plötzlich dachte Bosmans, Michel da Gama habe zu ihnen ins Büro seines »Kompagnons Guy Vincent« kommen wollen, und kurz vorm Öffnen der Tür hatte er ihre Worte aufgeschnappt, insbesondere den Satz, den er mit viel zu lauter Stimme gesagt hatte: »Haben sie sich im Gefängnis kennengelernt?« Und sofort bereute er, dass er einen solchen Satz ausgesprochen und seine Kaltblütigkeit verloren hatte.

»Ich war vor allem neugierig auf den Ort, wo Camille gearbeitet hat.«

Diesmal hatte er sich bemüht, den Tonfall eines gutmütigen jungen Mannes anzuschlagen.

»Sie könnte noch immer hier arbeiten … Und wir sind wirklich traurig, dass sie uns verlassen hat.«

Bosmans hätte gern gewusst, ob dieses »wir« Guy Vincent mit einschloss.

»Stimmt's, Camille? Wir waren überhaupt nicht gefasst auf Ihre Kündigung.«

Sie hob zaghaft die Arme, als Zeichen der Ohnmacht, und wirkte nun ihrerseits wie ein argloses junges Mädchen.

»Es ist spät«, sagte sie und reichte Michel da Gama die Hand. »Wir müssen uns verabschieden.«

Er begleitete sie zum Hoteleingang und blieb kurz vorm Trottoir stehen. Der Gedanke, der ihm vorhin gekommen war, ging Bosmans erneut durch den Sinn: Dieser Mann konnte keinen Fuß nach draußen setzen, denn er hatte ein Aufenthaltsverbot.

»Ich mag Ihr Hotel sehr«, sagte er zu Michel da Gama. »Hier fühlt man sich bestimmt abgeschirmt, und das wird immer seltener in Paris.«

Aber das hielt er für nicht ausreichend und fügte hinzu:

»Bravo, Ihnen und Ihrem Kompagnon.«

Michel da Gamas Lächeln wurde milder.

»Er wäre glücklich, Sie zu hören.«

Er drückte ihm die Hand, und Bosmans überfiel ein jähes Schwindelgefühl.

Ein paar Sätze genügten, und man kippte ins Leere: »Bestellen Sie ihm herzliche Grüße … Vielleicht erinnert sich Ihr Kompagnon noch an mich … Das war in einer Zeit, als er gern seinen Vornamen änderte.«

»Ich hoffe, wir sehen uns bald wieder«, sagte Michel da Gama. »So bald wie möglich.«

Er war erleichtert, dass er mit festem Schritt übers Trottoir ging und dem Schwindel widerstanden hatte. Camille zog aus ihrer Handtasche das in Leder gerahmte Foto von Guy Vincent und seiner Frau.

»Hier ... bevor ich's vergesse ...«

Sie schien nicht wissen zu wollen, warum er dieses Foto, den Taschenkalender und die Briefbogen geklaut hatte. Und wenn es Michel da Gama auffiel? Auch das war ihr offenbar nicht in den Sinn gekommen. Er hatte sich inzwischen an ihre Lässigkeit gewöhnt, aber dennoch, jetzt wunderte er sich über ihre fehlende Neugier. Er sagte sich, im Grunde genommen, wenn bewusster Guy Vincent für ihn selbst mit gewissen Kindheitserinnerungen verbunden war, so betraf sie das nicht und konnte ihr vollkommen gleichgültig sein.

ES WAR BOSMANS nach über fünfzig Jahren unmöglich, die chronologische Aufeinanderfolge von zwei Ereignissen der Vergangenheit genau zu bestimmen: die Fahrt durch das Chevreuse-Tal, die er mit Camille und Madame Hayward im Auto gemacht und die vor dem Haus in der Rue du Docteur-Kurzenne geendet hatte, und der Besuch im Hôtel Chatham, wo Camille und er in Guy Vincents Büro gelandet waren.

Alle Orientierungspunkte hatten sich mit der Zeit verwischt, sodass diese beiden Ereignisse, aus so weiter Ferne gesehen, ihm als gleichzeitig vorkamen und sogar ineinander verschwammen, wie zwei unterschiedliche Fotos, die man verschmolzen hätte durch Doppelbelichtung.

Ein Zufall verwirrte ihn. Durch welche Fügung hatten Camille und Martine Hayward ihn zweimal zurückversetzt in eine Zeit seiner Kindheit, an die er seit fünfzehn Jahren nicht mehr dachte? Man hätte glauben können, sie machten es ganz bewusst, mit einer Absicht, die er nicht erriet, und sie wären durch irgendwen über gewisse Einzelheiten aus den Anfängen seines Lebens informiert worden.

Camille hatte Buchhaltungsarbeiten gemacht im Hôtel Chatham, in Guy Vincents Büro, und Martine Hayward hatte das Haus in der Rue du Docteur-Kurzenne gemietet, dessen

Besitzerin zu dem Zeitpunkt noch immer Rose-Marie Krawell war. Und zwischen den Dingen, die er sich notiert hatte, weil er Ordnung zu bringen versuchte in all das, stand Camilles Antwort, als er Martine Hayward gefragt hatte, ob sie die Besitzerin des Hauses kenne: »Ich glaube, René-Marco kennt sie.«

Den Notizen hatte er eine Art Schema beigefügt, wie um sich durch ein Labyrinth zu tasten:

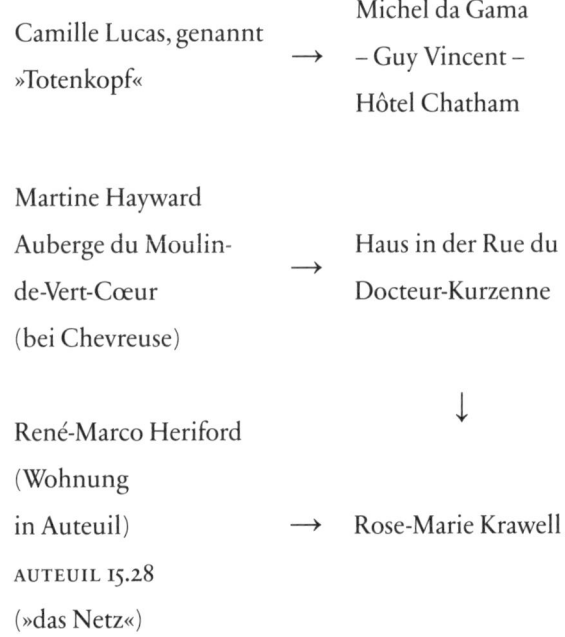

Camille Lucas, genannt
»Totenkopf«
→
Michel da Gama
– Guy Vincent –
Hôtel Chatham

Martine Hayward
Auberge du Moulin-
de-Vert-Cœur
(bei Chevreuse)
→
Haus in der Rue du
Docteur-Kurzenne

↓

René-Marco Heriford
(Wohnung
in Auteuil)
AUTEUIL 15.28
(»das Netz«)
→
Rose-Marie Krawell

Und er nahm sich vor, dieses Schema mit der Zeit zu vervollständigen, falls andere Namen im Zusammenhang mit denen, die er ausgegraben hatte aus dem Vergessen, ihm wieder in den Sinn kämen oder wenn er bei seinen Nachforschungen noch welche entdeckte. Und vielleicht gelang es ihm dann, einen Übersichtsplan zu erstellen.

Das Unternehmen war schwierig, aber lehrreich. Anfangs glaubst du an Zufälle, aber nach fünfzig Jahren hast du einen Panoramablick über dein Leben. Und du sagst dir, wenn du tiefer gräbst, wie Archäologen, die zuletzt eine ganze verschollene Stadt und das Gewirr ihrer Straßen ans Tageslicht bringen, dann wirst du dich wundern, weil du Verbindungen entdeckst zu Personen, von deren Existenz du nichts geahnt oder die du vergessen hattest, ein Netz um dich herum, das sich fortspinnt bis ins Unendliche.

Trotz dieser schönen Überlegungen verspürte er ein Unbehagen, das er zu überwinden suchte, indem er sich sagte, seine Phantasie spiele ihm einen üblen Streich. In manchen Augenblicken des Tages lachte er selbst darüber und erstellte eine Liste von Romantiteln, die seine Geistesverfassung ausdrückten:

– *Die Wiederkehr der Gespenster*

– *Das Geheimnis des Hôtel Chatham*

– *Das verwunschene Haus in der Rue du Docteur-Kurzenne*

– *Auteuil 15.28*

– *Verabredungen in Saint-Lazare*

– *Guy Vincents Büro*

– *Das geheime Leben des René-Marco Heriford*

Doch in der Nacht, wenn er nicht schlafen konnte, war ihm nicht mehr zum Lachen. Er bildete sich ein, all diese Leute – sogar Camille – wussten über die kleinsten Einzelheiten seiner Kindheit Bescheid, und vor allem über die lange Zeit, die er im Haus der Rue du Docteur-Kurzenne verbracht hatte. Und ihr Kreis hatte sich, fünfzehn Jahre danach, enger zusammengezogen um ihn. Ein Katz-und-Maus-Spiel, hinter dessen Gründe er zu kommen versuchte.

BEIM ZWEITEN BESUCH, den er an einem frühen Nachmittag in der Wohnung in Auteuil machte, stand die Tür zur Loge des Concierge halboffen, und gern hätte er ihm ein paar Fragen gestellt. Sicher wusste er Bescheid über das Kommen und Gehen von Leuten, die abends und nachts zur Wohnung hinaufstiegen und sie erst bei Tagesgrauen wieder verließen; die anderen Hausbewohner hatten wahrscheinlich Bemerkungen darüber gemacht. Doch er wollte lieber nicht gesehen werden.

Er war im Aufzug mit den zwei Glasflügeln hochgefahren. Sie öffnete ihm, ohne dass er klingeln musste. Vielleicht lauschte sie auf das Zuschlagen der Gittertür vor dem Aufzug. Wie beim ersten Mal führte sie ihn schweigend in den Salon, und sie setzten sich nebeneinander auf denselben Diwan wie neulich am Nachmittag. Der Zeitschriftenstapel war immer noch da, und wieder lag eine aufgeschlagen in der Mitte des Diwans.

Auf dem niedrigen Tisch zwei Gläser Orangensaft. Sie nahm eines und reichte es ihm. Der Sonnenfleck war auf seinem Platz, an der Wand vor ihnen. In Zukunft würde er jeden Tag hierherkommen, um dieselbe Zeit, und jedes Mal würde sie die Tür öffnen, ohne dass er klingelte. Und das viele, viele Jahre lang. *Die Ewige Wiederkehr des Gleichen*, gelesen hatte er diesen Titel auf dem Einband eines philosophischen Buches, geliehen von seinem Lehrer, Maurice Caveing.

»Der Kleine hält Mittagsschlaf?«

Und das wäre der erste Satz, den er zu ihr sagen würde, nachdem er sich auf den Diwan gesetzt hatte – und zwar bis ans Ende aller Zeiten.

»Nein. Dienstags ist er am Nachmittag im Kindergarten, hier ganz in der Nähe.«

Er spürte, dass sie etwas hinzufügen wollte, aber nach Worten suchte.

»Ich hatte Angst, Sie wählen die alte Nummer, AUTEUIL 15.28, und nicht die andere, die ich Ihnen gegeben habe.«

»Ach wo. Ich kann Tag und Nacht sehr gut auseinanderhalten.«

Und es stimmte, um diese Uhrzeit, in diesem Salon, schien alles klar, einfach und selbstverständlich.

»Letztes Mal, als ich von hier wegging, bin ich auf der Straße wohl Doktor Rouveix begegnet. Ein sonnengebräunter Brünetter, mit kurzem Haar und einer schwarzen Tasche.«

»Das war er.«

»Und ist alles gut gelaufen?«

»Ja. Es war keine richtige Impfung, nur eine Auffrischung.«

Am liebsten hätte er die Unterhaltung den ganzen Nachmittag weitergeführt in diesem Ton.

Er hielt sein Glas Orangensaft in der Hand.

»Sollen wir nicht anstoßen?«

Sie lachte kurz.

»Gern.«

Ihre Gläser klirrten mit kristallhellem Ton.

Schließlich fragte er:

»Und Sie haben vor, noch eine Weile hierzubleiben?«

»Bis zum nächsten Schulanfang. Ich habe in Neuilly eine Stelle als Lehrerin bekommen, an der École Marymount. Kennen Sie die?«

Nein, er hatte nie gehört von dieser Schule. Aber das war unwichtig. Der Name »Marymount« klang gediegen.

»Eine von irischen Schwestern geleitete Schule. Ich habe Monsieur Heriford überredet, den Kleinen dort anzumelden. So habe ich das Gefühl, ich lasse ihn nicht im Stich.«

Sie hatte die letzten Worte mit ernster Stimme gesprochen, als fühle sie sich verantwortlich für das Kind.

»Ich habe lange nachgedacht über alles, was Sie neulich sagten. Wenn ich Ihre Fragen nicht richtig beantwortet habe, dann nur, weil ich mich nicht in Dinge einmischen wollte, die mich nichts angehen.«

Sie wirkte plötzlich viel reifer als ihr Alter; und der Gegensatz zwischen ihrer mädchenhaften Erscheinung, oder dem Aussehen eines zu schnell gewachsenen Kindes, und ihrer ernsten Stimme erinnerte ihn an die Figur in einem Roman, den er seit ein paar Wochen las: *Klein Dorrit*.

»Ich stelle mir ja selbst viele Fragen über diese Leute, denn ich trage die Verantwortung für das Kind.«

Sie trank einen Schluck Orangensaft, wohl um sich Mut zu machen und ihm zu erklären, was sie auf dem Herzen hatte.

»Ich habe die Stelle hier über eine Agentur bekommen, die Kindermädchen, Gouvernanten oder Hausangestellte vermittelt ... Die Agentur Stewart ...«

Sie legte die Stirn in Falten. Offenbar versuchte sie, eine Situation zu begreifen, die ihr ziemlich verworren schien. War das nicht ein ähnliches Verfahren wie bei ihm? Wer weiß? Sie könnten einander helfen. Bestimmt hatte sie erraten, dass sie sich alle beide die gleichen Fragen stellten.

»Ich weiß nicht viel über Monsieur Heriford. In der Agentur Stewart wurde mir gesagt, seine Frau sei tot oder auch verschwunden.«

»Und tagsüber ist er nie da?«

»Nie. Ich glaube, er geht morgens sehr früh weg. Ich frage mich sogar, ob er hier schläft.«

Sie schien erleichtert, jemandem Dinge anzuvertrauen, die sie in ihrer Umgebung beobachtete, seit sie sich um das Kind kümmerte. Und abends, dachte er, wenn sie in dem Zimmer ganz hinten saß, war es bestimmt schwer, sich immer auf unbekanntem Boden zu fühlen.

»Er hat mir nur eine Telefonnummer gegeben, unter der ich ihn tagsüber erreichen kann.«

Gern hätte er sie gefragt, ob er die Nummer sehen könnte, aber wahrscheinlich war es eine dieser neuen Zahlenkombinationen, die einen im Unklaren lassen. Mit den Kennbuchstaben der alten Nummern wusste man wenigstens gleich, um welches Viertel es sich handelte. Und das erleichterte Nachforschungen.

»Er arbeitet vielleicht in einem Büro.«

»Vielleicht.«

Doch sie wirkte nicht sehr überzeugt.

»Sie hatten gefragt, was für Leute abends oder nachts hierherkommen. Ich habe ein paar Namen herausgefunden.«

Sie stand auf.

»Einen Augenblick! Ich habe sie in einem Heft notiert.«

Sie verließ den Raum, und er blieb allein in dem stillen, sonnendurchfluteten Salon. Das Fenster stand halboffen, und die Blätter der Kastanie schaukelten sanft. Den Blick auf diese Blätter geheftet, ließ er sich von ihnen wiegen. Fünfzig Jahre später erinnerte er sich an diesen Moment, als die Zeit stillstand. Er erinnerte sich auch an dieses Frühlingslicht, in dem er schwebte und wo fortan nichts mehr von Bedeutung war.

Als sie zurückkam in den Salon, schreckte er hoch, als wäre er erwacht. Sie setzte sich wieder neben ihn. In der Hand hielt sie ein Schulheft mit himmelblauem Einband. Sie schlug es auf und beugte sich mit konzentriertem Gesicht über die karierten Blätter.

»Unter diesen Namen gibt es tatsächlich eine Madame Hayward. Sie hatten mir letztes Mal gesagt, Sie kennen sie.«

Er war überrascht, dass sie sich den Namen gemerkt hatte.

Das bewies, sie hatte seinen kleinsten Worten aufmerksam gelauscht.

»Sie kommt oft hierher, allein oder in Begleitung ihres Ehemanns, er heißt Philippe Hayward. Und er ist ein Freund von Monsieur Heriford.«

»Und steht Camille Lucas auf Ihrer Liste?«

Er wagte nicht zu sagen, dass sie den Spitznamen »Totenkopf« trug.

»Ja, sie ist auch eine Freundin von Monsieur Heriford. Ich kann Ihnen noch andere Namen nennen.«

Sie schaute wieder in ihr Heft. Von den Namen sagten ihm drei etwas. Andrée Karvé. Jean Terrail. Guy Vincent. Und gewiss noch ein paar andere, würde er die Liste in aller Ruhe lesen.

»Und wo haben Sie all die Namen gefunden?«

»In Monsieur Herifords Taschenkalender. Er hat ihn letzte Woche hier vergessen. Das sind ganz bestimmt Leute, die nachts herkommen.«

Sie klappte das Heft wieder zu. Sie erwartete einen Kommentar und vielleicht sogar, dass er ihr die Lösung eines Rätsels verriet.

»Ich kenne die Namen mancher Personen. Wenn Sie mir die Liste überlassen, bin ich sicher, dass mich unter all den Namen auch noch andere an etwas erinnern. Und dann verstehen wir besser, was hier vor sich geht.«

Sie lauschte ihm aufmerksam und nickte. Ihn überraschte so viel guter Wille.

»Es wäre besser, Sie kommen nachts nicht mehr hierher«, sagte sie. »Das ist zu riskant … Diese Leute sind keine gute Gesellschaft.«

Er spürte, dass sie sich Sorgen machte und ihn sogar zu schützen versuchte. Und das rührte ihn, bei einem so zierlich wirkenden Mädchen.

»Ich werde beruhigt sein, sobald ich meine Stelle an der École Marymount antrete. Und was den Kleinen angeht, der ist dort viel besser aufgehoben.«

Sie war nahe daran, ihm etwas zu verraten. Endlich gab sie sich einen Ruck:

»Ich hätte fast schon Doktor Rouveix angesprochen und ihn um Rat gebeten, aber jetzt, wo Sie da sind …«

»Bitte machen Sie sich keine Sorgen.«

Er zuckte die Schultern und deutete zum halbgeöffneten Fenster.

»Ich habe nie einen so schönen Frühling erlebt in Paris.«

Sie richtete den Blick auf das Fenster und die Blätter der Kastanie. Sie drehte sich zu ihm, und offensichtlich war alle Unruhe bei ihr verflogen.

Er fragte sich, ob er in dem Augenblick damals wirklich gesagt hatte: »Ich habe nie einen so schönen Frühling erlebt in Paris«, oder ob es nicht vielmehr die Erinnerung an jenen Frühling war, die ihn heute, fünfzig Jahre später, diese Worte hinschreiben ließ. Höchstwahrscheinlich hatte er überhaupt nichts gesagt.

»Weil ich gerade daran denke … Ich weiß nicht, ob Sie das interessiert …«

Sie durchblätterte das Heft mit leichter Hand und blieb bei einer Seite hängen, wo sie offenbar etwas notiert hatte.

»Monsieur Heriford ist nicht der Besitzer dieser Wohnung. Eine Freundin leiht sie ihm. Als ich vor zwei Jahren hier zu arbeiten anfing, schickte er mich zwei-, dreimal Briefe an sie aufgeben.«

Den Kopf über das Heft gebeugt, runzelte sie die Stirn, als müsste sie ein schwer zu entzifferndes Wort lesen.

»Sie heißt Rose-Marie Krawell.«

»Ach ja. Und sie wohnt in Paris?«

»Auf den Umschlägen stand eine Adresse im Süden. Sagt Ihnen der Name etwas?«

»Nein. Nichts.«

Er hatte sich bemüht, teilnahmslos zu bleiben. Vielleicht stellte sie ihm ja eine Falle. Aber er hatte wirklich keinen Grund, ihr zu misstrauen, so, wie er »Totenkopf« misstraute und Martine Hayward.

»Und Sie haben sie hier auch schon gesehen?«

»Einmal, vor zwei Jahren. Sie hat Monsieur Heriford besucht. Eine Frau um die fünfzig, blond, ziemlich kurzes Haar, und sie rauchte viel.«

Er hätte sie gern gefragt, ob Rose-Marie Krawell zum Anzünden ihrer Zigaretten immer noch ein Feuerzeug benutzte, dieses kleine parfümierte Feuerzeug aus Silber, das sie ihm mit der Ermahnung lieh, er solle aufpassen mit der Flamme.

»Sie duzte Monsieur Heriford.«

Er blieb stumm und wartete auf noch mehr Einzelheiten. Aber das war alles, woran sie sich bei Rose-Marie Krawell erinnerte.

Ja, wirklich, der Kreis um ihn zog sich enger zusammen. Wäre er allein gewesen, dann hätte er eine gewisse Angst verspürt, doch hier, in Gesellschaft dieses Mädchens, das er in Gedanken bereits »Klein Dorrit« nannte, war ihm beinah zum Lachen. Also war Rose-Marie Krawell, fünfzehn Jahre später, noch immer Besitzerin des Hauses in der Rue du Docteur-Kurzenne, das »Totenkopf« und Martine Hayward besichtigt hatten, und ebenso Besitzerin dieser Wohnung in Auteuil, zu der »Totenkopf« ihn mitgeschleppt hatte, und sie hatte außerdem noch Buchhaltungsarbeiten gemacht in Guy Vincents Büro … Langsam war er überzeugt, all diese Leute webten ein Spinnennetz, in dem sie ihn zu fangen hofften. Doch mit welcher Absicht? Und seit wann verfolgten sie seine Spur?

»Sie wirken besorgt.«

Nicht wirklich besorgt. Doch er spürte ein Schwindelgefühl, als er plötzlich wie auf dem Bildschirm eines Röntgenapparats die Verbindungslinien auftauchen sah, die von einer Person zur andern führten. Im Lauf von fünfzehn Jahren hatten sich diese Linien verzweigt und bildeten mit neu hinzugekommenen ein engmaschiges Netz, dem auch er angehörte, ohne sein Wissen, wie in der Zeit seiner Kindheit.

»Wir haben keinen Grund, besorgt zu sein, weder Sie noch ich.«

Sie lächelte und trank einen Schluck Orangensaft.

»Übrigens, steht in der Liste nicht vielleicht auch ein gewisser Michel da Gama? Gama mit Adelsprädikat.«

Sie schlug ihr Heft noch einmal auf und las die erste Seite. Nach einer ganzen Weile sagte sie:

»Nicht mit Adelsprädikat.«

Und sie buchstabierte den Namen: Michel Dagamat.

Er verstand, warum der angebliche da Gama in dem Café bei Saint-Lazare so unwirsch reagiert hatte, als er, Bosmans, auf Vasco da Gama angespielt hatte. Michel Dagamat. Der Name stand wahrscheinlich auf einem anthropometrischen Karteiblatt mit Foto von vorn und Foto im Profil, und darunter das Datum, an dem sie in der Polizeipräfektur aufgenommen worden waren. Sein erster Eindruck war vielleicht der richtige: Dieser Michel Dagamat hatte Guy Vincent bei einem Gefängnisaufenthalt kennengelernt, während jener Zeit mit dem Haus in der Rue du Docteur-Kurzenne. Wo sonst hätte er ihn kennengelernt? Er erinnerte sich an ein Telefongespräch, das er eines Morgens aufgeschnappt hatte, als er an der Tür des von Rose-Marie Krawell bewohnten Zimmers vorbeikam, und besonders an den Satz: »Guy ist wieder raus aus dem Gefängnis«, ein Satz, den er noch immer hörte, nach fünfzehn

Jahren, gesprochen mit Rose-Marie Krawells tiefer und leicht heiserer Stimme. Erwachsene sollten immer leise reden, denn Kindern muss man misstrauen.

»Ich stelle Ihnen noch eine letzte Frage«, sagte er lächelnd.

»Haben Sie zufällig hier noch einen andern Freund von Monsieur Heriford gesehen, einen gewissen Guy Vincent?«

»Guy Vincent?«

Sie hatte den Namen leise vor sich hin gesagt, und dieser Name, aus so ferner Zeit kommend, machte auf ihn einen komischen Eindruck.

»Ein sehr großer Mann, sehr elegant, hellbraunes Haar, oder vielleicht grau.«

Sie runzelte abermals die Stirn wie eine Schülerin, die überraschend geprüft wird und nach der besten Antwort sucht.

»Ein sehr großer Mann, der aussieht wie ein Amerikaner?«

»Ja.«

»Monsieur Heriford hat mir gesagt, er wohnt in Amerika. Er war einmal hier … Er brachte ein Geschenk mit für den Kleinen …«

Geschenke, das war eine Angewohnheit von Guy Vincent, schon damals in der Rue du Docteur-Kurzenne. Er erinnerte sich an den Kompass aus silbrigem Metall, in dessen Deckel Guy Vincent seinen Namen hatte eingravieren lassen: Jean Bosmans. Er hatte ihn jahrelang besessen, und er war ihm in einem der Internate gestohlen worden, in denen er seine Jugend verbracht hatte. Nie hatte er sich abfinden können mit diesem Verlust. Ein Kompass. Vielleicht hatte Guy Vincent geglaubt, der würde ihm helfen, sich im Leben zurechtzufinden.

Sie hatte ihr Heft wieder zugeklappt, und er verzichtete darauf, weitere Fragen zu stellen, so, wie er darauf verzichtet hatte, ihr zu erklären, warum er sie stellte. Er hätte von seiner Kindheit erzählen müssen und von den seltsamen Menschen, die ihn damals umgaben. Jemand hatte geschrieben: »Man kommt aus seiner Kindheit, wie man aus einem Land kommt«, doch müsste man genauer erklären, aus welcher Kindheit und aus welchem Land. Das wäre für ihn schwierig gewesen. Und eigentlich hatte er weder den Mut dazu noch Lust, an jenem Nachmittag.

Sie hatte auf ihre Armbanduhr geblickt.

»Es ist Zeit, bald muss ich den Kleinen abholen.«

»Ich begleite Sie gern ein Stück …«

Sie gingen zu zweit durch die Straße, wo er neulich am Nachmittag Doktor Rouveix begegnet war. Es herrschte das gleiche Frühlingswetter wie an jenem Tag. Er brauchte nur mit ihr in der Sonne dahinzuschlendern und die leichte Luft zu atmen, und schon verloren die Leute, deren Namen sie genannt hatte, jede Wirklichkeit. Selbst wenn sie in einer fernen Vergangenheit ein nebelhaftes Leben geführt hatten, fände man von ihnen fortan keine Spur mehr im Licht der Gegenwart. Und ihre Namen riefen bei niemandem mehr ein Gesicht in Erinnerung.

Sie hielt ihr Heft in der Hand.

»Tut mir leid, dass ich Ihnen all die Fragen gestellt habe.«

»Ach wo … es hat mich erleichtert, dass ich diese Dinge mit Ihnen aufklären konnte.«

Sie schlug das Heft auf und riss die erste Seite heraus.

»Hier … ich habe vergessen, Ihnen die Liste mit den Namen zu geben.«

Sie faltete das Blatt zweimal und reichte es ihm.

»Vielleicht entdecken Sie da noch andere Namen, und die erlauben uns, klarer zu sehen. Sagen Sie's mir beim nächsten Mal.«

Dann nahm sie seinen Arm, als wollte sie ihn führen.

Sie hatten die Porte d'Auteuil erreicht, und sie zog ihn in eine Straße, die er nicht kannte, obwohl er oft durch das Viertel gestreunt war. Sie gingen auf dem Trottoir der linken Straßenseite, wo man hinter den Häusern eine große grüne Fläche erriet, die wohl ein Park war oder der Anfang des Bois de Boulogne. Oder einfach nur eine Wiese. Hätten vor diesen Häusern nicht ein paar Autos geparkt, Bosmans wäre überzeugt gewesen, am Ende der Straße beginne das offene Land.

Sie blieb vor einem Gartentor stehen, auf einer Messingtafel die Auskunft: ÉCOLE SAINT-FRANÇOIS. JARDIN D'ENFANTS. Sie schaute auf ihre Armbanduhr.

»Wir verabschieden uns besser. Wann kommen Sie wieder?«

»Morgen, wenn Sie möchten. Wie immer zur selben Zeit.«

Sie lächelte. Hinterm Tor winkte sie herüber zu ihm. Er war

versucht, auf die beiden zu warten, da, auf dem Trottoir. Gern hätte er dieses Kind kennengelernt.

Er ging die Straße in umgekehrter Richtung, und sie war so still und so ländlich, dass ihm schien, er sei weit weg von Paris. Das war die blaue Stunde, hätte Guy Vincent gesagt.

IM TASCHENKALENDER MIT dem grünen Ledereinband, jenem Kalender, bei dem man nicht wusste, aus welchem Jahr er stammte, waren die meisten Seiten weiß. Guy Vincent hatte Alltagsverabredungen eingetragen. Mittwoch, 5. Januar: Friseur. 18. Februar: Eliott Forrest. Hôtel Lancaster. Donnerstag, 15. März: Autowerkstatt Banville. Mittwoch, 14. Mai: Schneider. Austen, Rue du Colisée. 18. September: 9 h 45, Gaëlle, Gare d'Austerlitz. 19. Oktober: 11 h, Jean Terrail, Rue Chardon-Lagache Nr. 33 ... Doch als er auf die Seite vom 20. Oktober stieß, stockte ihm das Herz. Da stand geschrieben: Jean Bosmans, Rue du Docteur-Kurzenne Nr. 38. Kompass.

Sicher war das der Tag, an dem Guy Vincent ihm den Kompass mitgebracht hatte, mit seinem eingravierten Namen im Deckel. Er erinnerte sich, es war um den Schulanfang herum gewesen. Er ging nicht mehr in die École Jeanne-d'Arc, sondern ein Stück weiter, auf die öffentliche Grundschule im Dorf. Der Kompass steckte in einer Tasche seines Kittels, er hütete sich jedoch, ihn den Schulkameraden zu zeigen.

Ihn überraschte sein Name in diesem Kalender zwischen den weißen Seiten – und vor allem fünfzehn Jahre später. Man hätte glauben können, durch all diese Jahre hindurch dringe endlich ein Lichtstrahl zu ihm, der eines toten Sterns.

Nach diesem Datum, dem 20. Oktober, waren alle Seiten weiß, bis zum Jahresende. Gern hätte er den Kalender des Folgejahrs in Händen gehabt. Aber wahrscheinlich gab es in dem Jahr keinen Kalender. Der Satz, den er hinter der Zimmertür gehört und den Rose-Marie Krawell mit ihrer tiefen Stimme am Telefon gesagt hatte: »Guy ist wieder raus aus dem Gefängnis«, war gefallen, lange nachdem er ihm den Kompass geschenkt hatte.

Es war ein Sommernachmittag. Er erinnerte sich an den Sonnenfleck auf der Zimmertür und an die Fliege, die langsam darüberkroch und von der sein Blick nicht loskam. Er wagte nicht, sich zu rühren. Ein heißer Ferientag. Juli oder August, ganz bestimmt. Ein Sommer, der mit dem Abstand zeitlos geworden war. Wozu versuchen, den genauen Monat herauszufinden oder das Jahr? Er stand da, erstarrt, vor dem Sonnenfleck auf der Tür.

GEGEN ENDE DER neunziger Jahre hatte Bosmans folgenden Brief erhalten:

Sehr geehrter Herr,

ich bin ein Leser Ihrer Bücher, und mir ist aufgefallen, dass Sie darin wiederholt auf einen gewissen Guy Vincent anspielen, den Sie manchmal Roger Vincent nennen. Mir scheint, es handelt sich um ein und denselben Mann.

Ich vermute, es gibt mehrere Guy (oder Roger) Vincents in Frankreich, aber nach allem, was Sie über Ihre »Figur« schreiben, bin ich überzeugt, dass der Guy Vincent (oder Roger) Ihrer Bücher genau der ist, den ich vor langer Zeit gekannt habe. Deshalb erlaube ich mir, Ihnen zu schreiben.

Ich habe Guy Vincent auf dem Lycée Pasteur in Neuilly kennengelernt. Wir waren alle beide sechzehn und in der Obersekunda. Er war ein sehr sympathischer Bursche, etwas draufgängerisch, ein »Hitzkopf«, wie man so sagt, jedoch immer bereit, den andern einen Gefallen zu tun und ihnen auszuhelfen, wenn sie in Schwierigkeiten waren. Er hatte das Gymnasium mitten im Schuljahr verlassen, um sich an einer Privatschule einzuschreiben, wo ich ihn hin und wieder abholte. Er ging mit mir ins Kino Balzac, um amerikanische Filme zu sehen, und in verschiedene Cafés an den Champs-Élysées und in Montparnasse, wo er schon mit siebzehn Stammgast war. Einmal habe ich ihn nach Hause begleitet, in eine Wohnung nicht weit von der Place Pereire, wo er mit seiner Mutter lebte. Er hat mir gesagt, sie sei gebürtige Amerikanerin. Guy gehörte zur Skimannschaft in der Klasse Junioren (?) oder Studenten (?) und hatte mir ein Foto von sich geschickt, aufgenommen nach einem Rennen, ich lege es meinem Brief bei.

Und dann ist der Krieg gekommen, und wir haben uns aus den Augen verloren. Ich bin ihm einige Zeit nach der Befreiung zufällig begegnet. Er hat mir erklärt, er arbeite in der amerikanischen Botschaft. Er hatte geheiratet, und wir haben uns mehrmals zusammen mit seiner Frau Gaëlle gesehen. Sie wohnten in einer kleinen Stadtvilla nicht weit vom Boulevard Berthier. Guy hatte mir erklärt, sie sei von der amerikanischen Botschaft für ihn requiriert worden. Später dachte ich, er habe Frankreich verlassen, weil in seinem Haus niemand mehr ans Telefon ging. Und in der amerikanischen Botschaft, wo ich versucht hatte ihn zu erreichen, kannte ihn niemand. Ich habe nie wieder etwas von ihm oder seiner Frau gehört.

Außer etwa zehn Jahre später, durch einen befreundeten Staatsanwalt, der am Lycée Pasteur ebenfalls in unserer Klasse war. Er sagte mir, Guy habe wiederholt Ärger mit der Justiz gehabt, namentlich, weil er in einen großen Betrugsfall »mit Postschecks« verwickelt war, von dem ich nichts begriffen habe, als dieser Freund mir Einzelheiten erklären wollte. Und übrigens hätte auch

*Guy nichts davon begriffen, so wie ich ihn gekannt habe. Darum
glaube ich an seine Unschuld.*

*Ich weiß nicht, ob er noch lebt. Wir sind nicht mehr sehr jung, er
und ich, wie Sie sich denken können. Vielleicht hat er sich auf Ihre
Bücher hin bei Ihnen gemeldet. Jedenfalls kann ich bezeugen, er
war, wie man so sagt, ein netter Bursche.*

Dem Brief, unterzeichnet mit den Initialen N. F., war das Foto
eines sehr jungen Mannes in Skikleidung beigelegt. Auf der
Rückseite des Fotos stand in schwarzer Tinte: Megève. Februar 1940. Studenten-Skimeisterschaft. Abfahrt Rochebrune.
2. Platz Vincent, hinter Rigaud und Dalmas de Polignac ex
aequo.

EINES ABENDS STELLTE ihm Camille verfängliche Fragen. Sie hatte ihre Arbeit im Saint-Lazare-Viertel aufgegeben, und sogar ihre Wohnung. Sie hatte jetzt ein Zimmer am Quai de la Tournelle Nr. 65, in einem niedrigen alten Haus, das ein Hotel war, offenbar mit ihr als einzigem Gast. Ihr Fenster ging auf die Seine. Und schließlich hatte sie eine Stelle als Buchhalterin in einer großen Autowerkstatt gefunden, an den Fossés-Saint-Bernard.

Sie hatte keinen genauen Grund genannt für diesen plötzlichen Rückzug ans linke Seineufer, außer dass sie »eine Luftveränderung« brauche. Als er in ironischem Ton gefragt hatte, ob sie nicht »die Brücken abbrechen« wollte zu Michel da Gama und dem Hôtel Chatham, hatte sie bloß genickt, ohne den kleinsten Kommentar.

An jenem Abend, in dem winzigen vietnamesischen Restaurant in der Rue des Grands-Degrés, nicht weit vom Quai, geriet die Unterhaltung auf ein Terrain, wo er spürte, nun musste er eine gewisse Vorsicht an den Tag legen.

Sie hatten sich eben an den Tisch gesetzt, und sie sagte ziemlich brüsk:

»Ich möchte gern etwas wissen: Warum hast du den Kalender und das Foto von Guy Vincent geklaut?«

Er begriff sofort, diese Frage wollte sie ihm schon lange stellen, und endlich hatte sie sich entschlossen. Bisher hatte er geglaubt, die Sache sei ihr vollkommen gleichgültig.

»Ich habe mit einem Roman angefangen, und ich brauche konkrete Gegenstände, die mir beim Schreiben helfen. Ausgehend von diesem Foto und diesem Kalender kann ich meine Phantasie arbeiten lassen.«

Er hatte versucht, so ernst und überzeugend wie möglich zu klingen.

»Aber warum dieser Guy Vincent?«

Sie insistierte auf eine Weise, die ihm verdächtig schien. Ab jetzt musste er seine Worte abwägen.

»Foto und Taschenkalender machen es mir leichter, eine Romanfigur zu erfinden. Es hätte genauso gut jemand anders sein können. Michel da Gama zum Beispiel. Oder du.«

»Wirklich?«

Sie musterte ihn mit einem komischen Blick. Sie wirkte kein bisschen überzeugt. Er merkte, ihr brannte noch eine andere Frage auf der Zunge, eine Frage, die ihn in Schwierigkeiten bringen konnte.

»Ich habe im Kalender von diesem Guy Vincent geblättert. Warum hat er auf einer Seite deinen Namen notiert?«

»Ja, das ist komisch … Aber Bosmans ist ein weitverbreiteter Name in Belgien und Nordfrankreich.«

Sie wirkte verunsichert. Er hatte die Antwort in ganz ruhigem Ton gegeben. Er sagte noch:

»Und außerdem ist dieser Kalender gut zwanzig Jahre alt …
Damals lag ich bestimmt noch in der Wiege …«

Sie lächelte feinsinnig.

»Ja, aber auch der Vorname stimmt.«

»Alle Welt heißt Jean.«

Darauf herrschte eine ganze Weile Schweigen, und das hätte ihn viel mehr bedrückt, wäre auf der Theke des Restaurants nicht wie üblich das Radio gelaufen.

»Und noch merkwürdiger ist die Adresse, die er aufgeschrieben hat – die Adresse des Hauses, das wir neulich mit Martine Hayward besichtigt haben.«

»Ach ja? Bist du sicher?«

Er hatte sich größte Mühe gegeben, verwundert dreinzuschauen, doch er war es satt, dieses Spiel zu spielen.

»Ich bin sicher.«

Sie musterte ihn erneut mit einem komischen Blick.

»Vielleicht ist er auch mal in diesem Haus gewesen.«

Doch ihm war, als habe er zu viel gesagt.

»Vielleicht.«

Sie zuckte die Schultern. Und das Gespräch nahm wieder einen normalen Verlauf. Sie erzählte von ihrer Buchhaltungsarbeit in der Autowerkstatt an der Rue des Fossés-Saint-Bernard und gestand ihm, wie froh sie war, nun in diesem Viertel zu wohnen.

AN EINEM ANDEREN Abend gingen sie den Quai de la Tournelle und den Quai Montebello entlang. Ein Frühlingsabend.
Und er bemerkte nebenbei, ja, wirklich, man fühle die Milde
der Jahreszeit besser, wenn man an diesen Quais entlang-
schlendere und durch die angrenzenden kleinen Straßen als
in Saint-Lazare und Pigalle.

Plötzlich stellte sie ihm die Frage:

»Bist du glücklich, Jean?«

»Ja.«

Das hatte er ohne große Begeisterung gesagt.

In diesem Augenblick war er versucht, ganz ehrlich auf die
Fragen zu antworten, die sie im vietnamesischen Restaurant
gestellt hatte. Ja, dieser Jean Bosmans, dessen Name in Guy
Vincents Kalender stand, das war tatsächlich er. Und damals
wohnte ich in dem Haus, das ihr besichtigt habt, du und Martine Hayward, in der Rue du Docteur-Kurzenne Nr. 38.

Er hegte Misstrauen gegen Camille, obwohl sie ihn betreffend doch nichts Böses im Schilde führte. Sie verschwieg ihm
gewisse Dinge, aber das verlieh ihr einen besonderen Charme.
Eines seiner Lieblingsbücher, neben den *Memoiren* des Kardinal de Retz und ein paar andern Werken, war eine moralphilo-
sophische Abhandlung mit dem Titel *Die Kunst den Mund zu*

halten. Seit seiner Kindheit hatte er immer versucht, diese Kunst zu pflegen, eine sehr schwierige Kunst, freilich die, die er am meisten bewunderte und die auf alle Bereiche angewandt werden konnte, selbst auf die Literatur. Hatte sein Lehrer ihm nicht beigebracht: Prosa und Poesie bestehen nicht bloß aus Wörtern, sondern vor allem aus Schweigen?

Gleich bei ihrer ersten Begegnung war ihm an Camille eine große Begabung zum Schweigen aufgefallen. Die Leute sagen im Allgemeinen viel zu viel. Er hatte rasch begriffen, dass sie sich immer ausschweigen würde über ihre Vergangenheit, ihre Bekannten, ihren Tagesablauf und vielleicht auch über ihre Tätigkeit als Buchhalterin. Er nahm ihr das nicht übel. Man liebt die Menschen, wie sie sind. Selbst wenn man ihnen gegenüber ein gewisses Misstrauen hegt. Eine Kleinigkeit bereitete ihm jedoch Sorgen: der Augenblick, als er im Hôtel Chatham zusammen mit Camille in Guy Vincents Büro war. Er hatte an die Wachsfiguren in Menschengröße gedacht, die im Musée Grévin ausgestellt sind: er, hinterm Schreibtisch sitzend, auf dem ein Foto von Guy Vincent im Lederrahmen prangte, und eine der Schreibtischladen, in der gerade ein Taschenkalender und die Bogen eines Briefpapiers mit seinem Namen entdeckt wurden. Im Musée Grévin hätte man die Szene mit »Ein Besucher in Guy Vincents Büro« betitelt. Und er fragte sich, ob nicht Michel da Gama und Camille am Abend vor seinem Besuch dieses Arrangement vorbereitet hatten, mit alten Requisiten, und weil sie wussten, er war mit Guy Vincent früher einmal bekannt gewesen, in seiner Kindheit. Und überdies stand sein Name: Jean Bosmans, mitsamt der Adresse des Hauses: Rue du Docteur-Kurzenne, auf einer Seite des Taschenkalenders, und das wussten sie. Doch all diese Vorkehrungen, um ihm zu Ehren »Guy Vincents Büro« nachzubilden – mit welcher Absicht waren sie getroffen worden? Davon hatte Camille doch bestimmt irgendeine Vorstellung.

Nachdem sie an jenem Frühlingsabend den Quais gefolgt waren, bogen sie in die Rue Saint-Julien-le-Pauvre. Und er beschloss ganz einfach zu fragen, ohne große Hoffnung auf eine Antwort ihrerseits.

»Bizarr, oder, der Besuch im alten Büro dieses Guy Vincent?«

Sie hatte seinen Arm genommen, und er spürte, wie ihre Hand sich verkrampfte.

»Man kam sich vor wie im Musée Grévin.«

Er hoffte, diese Bemerkung würde sie entspannen und vielleicht dazu bringen, dass sie ihm etwas anvertraute. Doch es kam nichts. Sie blieb stumm.

Sie waren vor der Grünanlage und der griechisch-orthodoxen Kirche angelangt. Sie hob den Kopf zu ihm.

»Jean … du musst dich in Acht nehmen. Es gibt Leute, die haben mit dir Böses im Sinn.«

Das hatte sie hastig gesagt, nicht in ihrem gewohnten schleppenden und sanftmütigen Tonfall. Darauf war er überhaupt nicht gefasst.

»Und wer sind diese Leute? Vielleicht Michel Dagamat? Dagamat ohne Adelsprädikat?«

Er hatte diesen Satz gesagt und ihr dabei gerade in die Augen geblickt, doch jetzt schwieg sie wieder. Sie kehrten um in Richtung der Quais. Beim Gehen drückte sie seinen Arm stärker. Ja, wirklich, sie pflegte die Kunst den Mund zu halten fast genauso gut wie er. Aber sie verstanden einander sowieso ohne viel Worte.

»TOTENKOPF«, ODER VIELMEHR Camille, denn allmählich hatte er es satt, »Totenkopf« zu schreiben, verließ Paris für ein paar Tage. Sie sagte, ihr Chef schicke sie nach Bordeaux zum Überprüfen der Abrechnungen einer anderen Werkstatt von ihm. In dem Augenblick fragte er sich nicht, ob sie log, um ihre Abwesenheit zu rechtfertigen. Erst am nächsten Tag, als sie weg war, stellte er sich die eine oder andere Frage.

Gegen Mittag klopfte es an der Zimmertür, am Quai de la Tournelle, und als er aufmachte, stand zu seiner Überraschung Martine Hayward vor ihm.

»Guten Tag, Jean.«

Sie hatte ihn nie bei seinem Vornamen genannt, und seit Camille in diesem Zimmer wohnte, hatte er die beiden nie zusammen gesehen hier im Viertel.

Er ließ sie herein, und sie setzte sich auf die Bettkante, als wäre das Zimmer ihr vertraut.

»Verzeihen Sie, dass ich so unangemeldet hierherkomme, aber ich muss Sie um einen Gefallen bitten.«

Sie lächelte verlegen.

»Ich weiß, dass Camille nicht da ist, sonst hätte ich sie um diesen Gefallen gebeten.«

Er blieb vor ihr stehen, verwundert, sie auf diesem Bett sitzen zu sehen, in diesem Zimmer. Er hatte plötzlich das Gefühl, sie wohne hier und er besuche sie.

»Ich ziehe in das Haus, das wir vor vierzehn Tagen besichtigt haben. Sie erinnern sich, Jean? Denken Sie nur, ich habe meinen Führerschein verloren, zusammen mit anderen Papieren.«

Man hätte glauben können, sie spreche einen frisch auswendig gelernten Text und sei noch unsicher bei den Worten.

»Ich muss wieder ein paar Sachen abholen, aus dem Hotel meines Mannes, nicht weit von Chevreuse, wo wir auch letztes Mal waren. Und sie rüberbringen in mein neues Haus. Können Sie mich hinfahren?«

Er wusste nicht, was er antworten sollte. Die Beharrlichkeit, mit der sie ihn »Jean« nannte, schien ihm verdächtig.

»Mein Auto steht unten. Ich bin ohne Führerschein von Auteuil bis hierher gefahren, in ständiger Angst vor einer Kontrolle.«

»Auteuil?«

»Na klar, Jean. Während des Umzugs verbringe ich meine Nächte in der Wohnung in Auteuil.«

Tja, man kehrte immer wieder zurück an dieselben Orte. Er dachte kurz an Kim und an die sonnigen Nachmittage. Und weil Martine Hayward hier auf dem Bett saß, war er versucht, sie zu fragen, wie die Nächte denn so verliefen, in der Wohnung in Auteuil.

»Verstehen Sie, Jean ... der Weg ist lang, ohne Führerschein, bis ins Chevreuse-Tal. Es wäre klüger, wenn Sie fahren. Ich weiß, ich bin dumm, aber ich hatte immer schon Angst vor Polizeikontrollen.«

DIESELBE STRECKE, IM selben Auto. Aber er war nicht in derselben Verfassung wie beim ersten Mal, und ihm graute ein wenig bei der Aussicht, das Haus in der Rue du Docteur-Kurzenne gleich wiederzusehen. Er erinnerte sich an den Augenblick, den er mit Camille in »Guy Vincents Büro« verbracht hatte, dahockend wie eine Wachspuppe im Musée Grévin. Und nun war es Martine Hayward, die ihn zurückschleppte an die Orte der Vergangenheit, Martine Hayward, der er viel mehr misstraute als Camille und deren Hintergedanken er noch viel weniger erraten konnte.

Diesmal waren sie über die Porte de Châtillon aus Paris hinausgefahren. Den Weg kannte er gut, doch er hatte schon lange hinter keinem Steuer gesessen. Er fragte sich, ob er seinen Führerschein in der Brieftasche hatte, und er schaute lieber nicht nach. Er war sowieso durch eine Art Immunität geschützt, wie in Träumen, in denen du immer, wenn die Sache allzu brenzlig wird, die Möglichkeit hast aufzuwachen.

Sie kamen ins Chevreuse-Tal. Er spürte es an der frischen Luft und am sanften Licht, Grün und Gold, das durchs Laub der Bäume dringt. Ja, vielleicht war es das Gefühl, nach fünfzehn Jahren zurückzukehren in die Vergangenheit.

»Sind Sie oft in dieser Wohnung in Auteuil?«

Unter dem beruhigenden Einfluss des Chevreuse-Tals, durch das er, so sein Eindruck, nicht im Auto dahinglitt, sondern auf einem Strom im Kanu, misstraute er Martine Hayward nicht mehr wirklich.

»Wissen Sie, ich spiele ein wenig die Sekretärin und Mitarbeiterin für René-Marco … Die Wohnung, in der er lebt, ist ziemlich groß … Sie ist ein Ort der Begegnung … eine Art Klub, wo Leute sich abends zusammenfinden, und sogar nachts.«

»Ein Haus für Verabredungen?«

»Ja. Nennen wir's ein Haus für Verabredungen.«

Sie hatte die Schultern gezuckt, und er begriff, mehr wollte sie nicht sagen. Nach einer längeren Stille jedoch:

»René-Marco ist ein Freund meines Mannes. Er hat einen kleinen Jungen, aber seine Frau verließ ihn vor zwei Jahren. Wie soll ich sagen? Er ist labil und jemand, der sich so durchlaviert. Ein bisschen wie mein Mann …«

Ihn überraschte, was sie ihm da alles anvertraute. Und als wollte sie ihn die letzten Worte, die sie gesagt hatte, vergessen machen:

»Eine Sache ist kurios, denken Sie nur … Die Besitzerin des Hauses, das ich gemietet habe, ist auch die Besitzerin der Wohnung in Auteuil.«

Sie hatte sich zu ihm gedreht und lächelte. Vielleicht lauerte sie auf eine Reaktion.

»Übrigens ist das ganz logisch, denn sie ist die Patentante von René-Marco.«

»Sie kennen sie?«

Er hatte ihr die Frage in gleichmütigem Ton gestellt.

»Nicht wirklich. Ich habe sie wohl einmal bei René-Marco gesehen. Eine gewisse Rose-Marie Krawell.«

Ihr Blick verweilte auf ihm, ohne dass er genau wusste, ob sie die Wirkung des Namens beobachtete.

»René-Marco hat viel Geld von ihr geliehen. Und mein Mann auch. Beide haben sie gut gekannt, als sie noch jünger waren.«

Sie schien mit sich selbst zu reden; oder versuchte sie ihm Vertrauen einzuflößen, damit auch er redete?

»Sie lebt jetzt an der Côte d'Azur.«

»Und Sie haben ihre Adresse?«

»Nein. Warum?«

Er bereute, diese Frage gestellt zu haben. Aber es war stärker als er.

»Weil mir der Name etwas sagt.«

Wieder ihr Blick auf ihm. Sie wartete vielleicht, dass er sich genauer ausdrückte. Oder sie betrachtete ihn einfach nur, ohne jeden Hintergedanken. Im Ungewissen beschloss er, den Rest des Weges zu schweigen.

*

Er parkte den Wagen direkt vor der Außentreppe der Auberge du Moulin-de-Vert-Cœur, und aus der Nähe gesehen erschien ihm das Haus noch baufälliger als beim ersten Mal. Er folgte ihr in den Eingangsflur. Ganz am Ende das Empfangsbüro. An der Wand die Zimmerschlüssel. Sie nahm sich einen im Vorübergehen, und dann stiegen sie eine breite Treppe hinauf, mit Geländer und Stufen aus hellem Holz. Beim Betreten des Hotels packte einen das Gefühl, alle Gäste hätten die Flucht ergriffen, am Tag vor einer Kriegserklärung oder Revolution.

Im ersten Stock öffnete sie die Tür zu Zimmer 16. Blätter von einem Baum schoben sich durchs angelehnte Fenster. Die Gäste würden nie mehr wiederkommen, das Hotel war umschlossen von Wald, und seine Vegetation würde langsam Restaurant, Rezeption, Treppe und Zimmer überwuchern. Ein Schrank stand weit offen, und seine Fächer waren leer. In einer Ecke des Raums, neben dem Fenster, ein Diwan mit einer Felldecke. Ein Schreibtisch, dem Fenster gegenüber, und hinterm Schreibtisch ein Fauteuil, darauf ein schwarzer Lederkoffer, gleich groß wie der, den Martine Hayward beim ersten Mal abgeholt hatte.

»Sie sehen, ich habe nicht viel Gepäck.«

Sie hatte sich auf den Rand des Diwans gesetzt. Sie deutete, er solle neben ihr Platz nehmen.

»Ich bin zum letzten Mal in diesem Zimmer.«

Ein Windstoß ließ einen der Fensterflügel gegen die Wand

schlagen. Sie war nähergerückt und legte den Kopf an seine Schulter. Sie flüsterte ihm ins Ohr.

»Wenn Sie wüssten, wie traurig mein Leben ist …«

Dann zog sie ihn auf den Diwan, ein breiter und niedriger Diwan, wie im Salon der Wohnung in Auteuil.

*

Bei der Einfahrt ins Dorf und nachdem sie Rathaus und Bahnübergang hinter sich gelassen hatten, beschlich ihn leise Angst. Vielleicht hatte sie ihm eine Falle gestellt, und in dem Haus der Rue du Docteur-Kurzenne warteten Michel da Gama und ein paar Komparsen, die für ihn wie im Hôtel Chatham eine neue, dem Musée Grévin würdige Szenerie vorbereitet hatten: »Rückkehr ins Haus seiner Kindheit nach fünfzehn Jahren«. Und endlich würde er begreifen, was diese Leute von ihm wollten.

Doch als er am Ende der leicht abschüssigen Allee angekommen war und das Auto parkte, hatte er die Gewissheit, dass ihm keine Gefahr drohte. Die Straße war leer und friedlich.

Er stieg mit ihr aus dem Wagen und griff nach dem schwarzen Lederkoffer auf der Rückbank. Er trat hinter ihr durch die kleine Gartentür, die auf die Straße ging, nahm die drei Stufen und stellte den Koffer auf die Treppe vorm Haus.

»Ich warte im Auto.«

Zuerst wirkte sie überrascht, dass er nicht ins Haus wollte, dann lächelte sie.

Und bevor sie die Tür aufschloss, drehte er sich um in Richtung Straße.

UND JETZT MUSSTEN sie auf demselben Weg zurück nach Paris. Les Metz, die Schuppen und die Piste des Flugplatzes Villacoublay, dahinter erriet er die Cour Roland, den Bois de l'Homme Mort, dann die Rasenflächen und den Gemüsegarten der École du Montcel, das Val d'Enfer und die Bièvre, die dahinfloss mit ihrem Wasserfallgeplätscher. Und noch ein Stück weiter das Chevreuse-Tal.

Sie schaute auf die Straße, geradeaus.

»Ich verstehe, dass Sie nicht ins Haus wollten. Das rief zu viele Erinnerungen in Ihnen wach.«

Er hätte überrascht sein können durch diese Worte, es war das erste, was sie sagte, nachdem sie die Rue du Docteur-Kurzenne verlassen hatten. Also war sie über alles im Bilde, und nun fand er das völlig normal und baute darauf, wie in jenen Träumen, in denen man schon weiß, was die Leute sagen werden, denn alles beginnt von vorn, und sie haben es schon in einem andern Leben zu dir gesagt.

»Sie müssen nicht reden, Jean. Ich versteh's.«

Nein, nicht reden. Sie waren in Le Petit-Clamart angekommen, wo er einen Bus in Richtung Paris genommen hatte, nachdem er kilometerweit gelaufen war, damals, als er ausgerissen war aus dem Internat.

»Vorhin wollte ich Ihnen nicht wehtun … Aber Rose-Marie Krawell ist letztes Jahr gestorben.«

Wehtun? Darum ging es nicht wirklich, obwohl er Erinnerungen hatte an diese Frau in dem Haus der Rue du Docteur-Kurzenne. Er hatte gehofft, Kim würde ihm ihre Adresse an der Côte d'Azur geben, denn an diese Adresse hatte sie Briefe von »René-Marco« geschickt. Und vielleicht kannte sie auch ihre Telefonnummer. Er hatte sogar geträumt, er telefoniere mit ihr. Sie hatte eine ferne Stimme, wie die Stimmen im »Netz« unter AUTEUIL 15.28, doch sie beantwortete die meisten seiner Fragen. Stille und Geknister von Zeit zu Zeit, und jedes Mal glaubte er schon, die Verbindung sei weg, und dann erklang die Stimme von Rose-Marie Krawell deutlicher, bevor sie sich wieder verlor. Was war aus Guy Vincent geworden? »Er ist endgültig zurück nach Amerika gegangen, mein Schatz.« Sie nannte ihn »mein Schatz« oder »mein Kleiner«. Und sie hatte auch gesagt: »Und du, mein Kleiner, was ist aus dir geworden?« Und als er antworten wollte, brach die Verbindung ab.

Langsam wurde es Abend, und sie kamen an die Porte de Châtillon. Er fragte, wo er sie hinfahren solle.

»Nach Auteuil, in die Wohnung.«

Sie seufzte. Diese Aussicht schien ihr keine Freude zu machen. Sie hatte »nach Auteuil, in die Wohnung« gesagt, und es klang wie: »Ins Büro.«

»Aber nächste Woche ziehe ich endgültig in das Haus.«

Sie drehte sich zu ihm und musterte ihn mit traurigem Blick.

»Ich vermute, du wirst mich dort nie besuchen.«

Es war das erste Mal, dass sie ihn duzte. Er gab keine Antwort.

»Ich sage dir Bescheid, wenn ich im Haus etwas finde, das dich interessieren könnte.«

Wieder gab er keine Antwort. Dieser Satz, den sie in einem natürlichen Tonfall gesprochen hatte, im Tonfall einer banalen Unterhaltung, machte ihm plötzlich Angst.

ER BEGLEITETE SIE bis zur Haustür, doch sie fasste nach seinem Arm.

»Willst du nicht ein paar Schritte gehen?«

Sie schlenderten die Straße hinauf, so wie neulich er am Nachmittag, als er Doktor Rouveix begegnet war.

»Camille hat mir gesagt, ihr wart eines Abends im Hôtel Chatham, in Guy Vincents Büro.«

Sie hatte »in Guy Vincents Büro« mit ironischem Unterton gesagt und kurz aufgelacht.

»Weißt du, ein Büro von Guy Vincent hat es nie gegeben.«

Sie schwieg. Sie wirkte besorgt. Er dachte, sie suche nach Worten und werde ihm eine schlechte Nachricht verkünden: »Ich wollte dir nicht wehtun, aber Guy Vincent ist gestorben.« Und es stimmt, das hätte ihm wehgetan. Eine letzte Verbindung wäre zerrissen und ein Abschnitt seiner Vergangenheit endgültig versunken, während er am Ufer zurückblieb, allein und verwaist. Aber warum verwaist? Er hätte keine richtige Antwort gewusst auf diese Frage.

»Guy Vincent ist vor langer Zeit verschwunden … Er ist zurück nach Amerika … Bestimmt lebt er dort unter einem andern Namen.«

Er war versucht, ihr für diese so gute Nachricht zu danken.

Und außerdem bestätigte sie ihn in dem, was er immer geglaubt hatte.

*

Sie gingen jetzt die Straße in umgekehrter Richtung, wie Leute, die sich nicht verabschieden wollen und einander abwechselnd zurückbegleiten nach Hause. Und das ganze nimmt kein Ende.

»Es scheint, du warst Zeuge irgendeiner Sache, vor fünfzehn Jahren, in diesem Haus der Rue du Docteur-Kurzenne.«

Sie war stehengeblieben und schaute ihm gerade in die Augen.

»Diese Idioten … ich meine Michel da Gama, René-Marco und sogar meinen Mann … sie haben versucht, mit dir in Kontakt zu treten.«

Sie griff wieder nach seinem Arm und drückte ihn nun fester. Und mit leiserer Stimme:

»Sie haben uns gebeten, Camille und mich, die Vermittlerinnen zu spielen.«

Er verstand noch nicht ganz, hoffte jedoch wirklich, sie werde Licht in die Sache bringen.

»Diese drei Idioten haben Guy Vincent kennengelernt, als sie sehr jung waren … in der Haftanstalt Poissy.«

Sie zögerte weiterzusprechen, als schäme sie sich, ihm derlei Dinge zu erzählen. Er hätte sie gern beruhigt. Mit ihm, Bosmans, musste sie keine solchen Bedenken haben.

»Als sie aus dem Gefängnis kamen, hat Guy ihnen geholfen. Mein Mann und da Gama haben mehr oder weniger für ihn den Chauffeur gespielt oder den Laufburschen. Das war ungefähr zu jener Zeit, als du in dem Haus gewohnt hast. Sie wollen dich fragen, ob du Zeuge irgendeiner Sache warst, die in dem Haus vorgefallen ist.«

Ja, sicher, er hatte begriffen. Es war wirklich nicht mehr nötig, dass sie Licht in die Sache brachte. Sie waren vor dem Haus angelangt.

»Sie versuchen bloß, dir Fragen zu stellen. Sie sind Naivlinge und Idioten. Sie glauben, du wirst ihnen zeigen, wo die Schatzinsel liegt.«

Sie war mit ihrem Gesicht ganz nahe herangekommen.

»Ich hoffe, sie tun dir nichts. Auf jeden Fall, nimm dich in Acht.«

Sie berührte seine Wange mit den Lippen und fuhr ihm mit einer Hand sachte über die Stirn. Bevor die Haustür zufiel, winkte sie zum Abschied.

Er ging in Richtung Metrostation Porte d'Auteuil. Er wartete an der roten Ampel, bevor er den Boulevard überquerte, und stand vor der verglasten Terrasse des Restaurants Murat. Es war abends um elf, und hier saßen nur noch ganz wenige Gäste. An einem Terrassentisch, gleich hinter der Glasscheibe, bemerkte er drei Männer. Sofort erkannte er Michel da Gama und René-Marco Heriford. Den dritten sah er im Profil.

Ihn packte ein Schwindelgefühl, er trat ins Restaurant und stellte sich vor ihren Tisch.

Michel da Gama zuckte leicht zusammen, lächelte aber:

»Welch glücklicher Zufall führt Sie hierher?«

Er zeigte auf die anderen.

»Ich glaube, Sie kennen René-Marco. Das ist Philippe Hayward, der Mann von Martine. Komisch, gerade sprachen wir von Ihnen. Ich sagte meinen Freunden, Sie seien nicht zu erwischen.«

Alle drei betrachteten ihn stumm.

»Haben Sie Camille drüben in der Wohnung gelassen?«, fragte Michel da Gama mit ironischem Ton. »Setzen Sie sich.«

Doch er blieb stehen, vor ihrem Tisch. Er konnte sich nicht mehr rühren, wie in einem bösen Traum. René-Marco und Philippe Hayward ließen ihn nicht aus dem Blick.

»Setzen Sie sich. Wir wollen Ihnen schon lange ein paar Fragen stellen. Und ich hoffe, Sie antworten auch. Sie sind doch sicher ein Bursche mit gutem Gedächtnis, und ich zähle darauf, dass Sie uns Auskunft geben.«

Michel da Gama hatte das mit barscher Stimme gesagt, als erteile er Befehle oder stoße Drohungen aus. Und plötzlich spürte er, dass die Lähmung verflog und er langsam seine Beweglichkeit wiederfand.

»Moment … bin gleich zurück …«

Und mit geschmeidigem Schritt lief er zum Ausgang des Restaurants. An der Schwelle drehte er sich um. Die drei anderen starrten zu ihm, mit aufgerissenen Augen. Er war versucht, ihnen den Mittelfinger zu zeigen.

Als er den Boulevard überquerte, sah er, dass Michel da Gama hinter ihm her rannte. Er fragte sich, ob er bewaffnet war. Er rannte nun ebenfalls und verschwand in der Station. Er stürmte die Treppe hinunter und hatte Glück, gerade kam eine Metro.

✳

Zurück im Zimmer am Quai de la Tournelle, war er erleichtert, wieder am anderen Seineufer zu sein. Er legte sich aufs Bett. Was Camille wohl in diesem Augenblick tat, in Bordeaux oder sonstwo? Ein Vergnügungsdampfer fuhr vorbei, und sein Lichtkegel warf gitterförmige Strahlen an die Wand, Strahlen, die er in seiner Kindheit oft über eine ähnliche Wand hatte gleiten sehen, beim Vorbeifahren des gleichen Vergnügungsdampfers. Doch eine andere Erinnerung aus jener Zeit stieg herauf ans Tageslicht, wie seltsame Blumen, die an der Oberfläche stehender Gewässer erscheinen.

Er hörte wieder Martine Hayward mit ihrer leicht kratzigen Stimme sagen: »Es scheint, du warst Zeuge irgendeiner Sache, vor fünfzehn Jahren.« Es war am letzten Tag in dem Haus der Rue du Docteur-Kurzenne. Von einem Fenster im ersten Stock, das auf den kleinen Hof ging, sah er zwei Männer über den Brunnen gebeugt, einer hielt eine elektrische Taschenlampe. Ein andrer hatte die terrassenförmigen Gärten inspiziert und war eben zu ihnen getreten. Sie hatten jeden Raum im Haus durchsucht und sogar sein Kinderzimmer. In dem schwarzen Auto, das vor dem Haus wartete, saß ein Gendarm in Uniform hinterm Lenkrad, aber die anderen trugen Alltagskleider. Außer ihnen war niemand mehr im Haus: weder Rose-Marie Krawell noch Guy Vincent, noch all jene, deren Namen er viel später wiedergefunden hatte und denen er in diesem Haus regelmäßig begegnet war. Annie, Jeannette Coudreuse, Jean Sergent, Suzanne Bouquereau, Denise Bartholomeus, Madame Karvé, Eliott Forrest ... Die Jahre waren verstrichen, und wenn er zurückdachte an jenen Tag, wunderte er sich, dass ihm die Polizisten keine Fragen gestellt hatten.

Er stand auf dem Flur und hatte zufällig einen von ihnen gesehen, der gerade aus dem zweiten Stock herunterkam und bestimmt das Zimmer mit dem Dachfenster durchsucht hatte, wo Annie häufig schlief. Der Mann hatte ihm die Schulter getätschelt und gesagt: »Was machst du denn hier, Junge?« Dann war er zu den anderen gegangen. Auch ihm war nicht eingefallen, irgendwelche Fragen zu stellen. Er hätte ihm sowieso keine Antwort gegeben. Wahrscheinlich pflegte Bosmans seit jenem Tag, ohne dass es ihm schon klar bewusst war, die Kunst den Mund zu halten.

Es waren Maurerarbeiten ausgeführt worden, gegen Ende jenes Winters, an der rechten Wand des Zimmers mit dem Dachfenster. Eines Nachmittags hatte er sie durch die angelehnte Tür gesehen, sie stemmten ein großes Loch in die

Wand. Doch er hatte sich nicht getraut hineinzugehen. Von seinem Zimmer aus hatte er seit mehreren Tagen Hammerschläge gehört und das Geräusch von herabrieselndem Schutt. Eines Nachts, als alles schlief, war er auf den Flur geschlichen und hinaufgestiegen in den zweiten Stock. Das Zimmer mit dem Dachfenster war abgeschlossen. Ein paar Tage später ging er nach dem Mittagessen, ohne Aufmerksamkeit zu erregen, in das Zimmer. Die Wand war so glatt und weiß wie immer. Keine Spur mehr von dem großen Loch, das sie in die Mauer gestemmt hatten, und er vermutete dahinter eine Geheimkammer.

Guy Vincent lebte diese ganze Zeit über in dem Haus. Er bewohnte das große Zimmer von Rose-Marie Krawell im ersten Stock. Leute kamen ihn besuchen, parkten ihre Autos in der Rue du Docteur-Kurzenne, verschwanden jedoch wieder, ohne im Haus zu übernachten. Bosmans erinnerte sich an kein Gesicht. Außerdem war er die meiste Zeit in der Schule. Offenbar dirigierte Guy Vincent die Arbeiten in dem Zimmer mit dem Dachfenster. Er hatte mehrfach seine Stimme gehört, wenn er durch den Flur kam, hatte sich aber nie getraut hinaufzugehen, obwohl er wusste, Guy Vincent würde ihn nicht ausschimpfen.

Und dann, an einem Samstag, der schulfrei war, hatte er von seinem Zimmerfenster aus gesehen, wie ein mit Plane bedeckter Lieferwagen vor dem Haus stehenblieb. Zwei Männer stiegen aus und entluden Kisten und große Jutesäcke. Hinter seiner Zimmertür hörte er sie langsam hinaufgehen, mit diesen Kisten und diesen Säcken, bis in das Zimmer mit dem Dachfenster. Sie stapften mehrmals auf und ab. Während der folgenden Tage hatten die Maurerarbeiten nicht aufgehört.

*

Er lag noch immer auf dem Bett, und er hatte die Lampe ausgeknipst. Camille hatte auf dem Nachttisch die kleine rosa Schachtel vergessen, die sie hin und wieder öffnete, um ihr eine Pille zu entnehmen, und danach warf sie beim Schlucken den Kopf mit einem Ruck in den Nacken. Er hoffte, in Bordeaux oder sonstwo würde sie ihr nicht fehlen. Und dann wiederholte er sich den Satz von Martine Hayward: »Sie sind Naivlinge und Idioten. Sie glauben, du wirst ihnen zeigen, wo die Schatzinsel liegt.« Fast taten sie ihm leid. Noch einmal glitten die gitterförmigen Strahlen über die Wand. Der Vergnügungsdampfer kam zurück. Vor seinen Augen sah er eine andere Wand, glatt und weiß, oben im Zimmer mit dem Dachfenster. »Was machst du denn hier, Junge?«, hatte der Polizist gesagt. Und er, er wusste, wo genau man das große Loch gestemmt und die Maurerarbeiten ausgeführt hatte, doch in jener Zeit dachte keiner daran, sich die Aussage von Kindern anzuhören.

NIZZA, IN EINEM Dezember. Doch er zögerte beim Jahr. 1980? 1981? Er erinnerte sich, dass seit etwa zehn Tagen unaufhörlich Regen fiel. Er hatte ein Taxi genommen, um sich ins Zentrum fahren zu lassen. Auf der Höhe des Square Alsace-Lorraine hatte der Taxichauffeur, der bis dahin stumm geblieben war, plötzlich gesagt:

»Ich werde immer trübselig, wenn ich hier durchkomme.«

Seine Stimme war kratzig und sein Akzent pariserisch. Ein Brünetter, um die vierzig. Bosmans hatte diese Vertraulichkeit überrascht. Der Mann hatte das Taxi am Rand des Squares angehalten.

»Sehen Sie das Haus da, links?«

Er zeigte auf ein Haus, dessen eine Fassade zum Square hin lag und die andere zum Boulevard Victor-Hugo.

»Ich war zwei Jahre Chauffeur bei einer Dame. Sie ist hier gestorben, in einer kleinen Wohnung im dritten Stock.«

Bosmans wusste nicht, was er antworten sollte.

»Eine Dame, die seit langem in Nizza lebte?«

Das Taxi rollte den Boulevard Victor-Hugo hinauf. Der Mann fuhr langsam.

»Ach, Monsieur … das ist kompliziert. Sie wohnte in Paris, als sie jung war … Dann ist sie an die Côte d'Azur gekommen … Zuerst nach Cannes, in eine große Villa in kalifornischem Stil … Dann in ein Hotel … und dann an den Square Alsace-Lorraine, in diese winzige Wohnung.«

»Eine Französin?«

»Ja. Ganz und gar Französin, auch wenn sie einen fremdländischen Namen trug.«

»Einen fremdländischen Namen?«

»Ja. Sie hieß Madame Rose-Marie Krawell.«

Bosmans dachte, zehn Jahre früher wäre er bei diesem Namen zusammengezuckt. Inzwischen jedoch hatte er die wenigen Male, da gewisse Details aus seinen früheren Leben sich wieder bemerkbar machten, bloß noch den Eindruck, als sähe er sie durch eine Milchglasscheibe.

»In der letzten Zeit habe ich immer vor dem Haus im Wagen auf sie gewartet. Sie wollte aus ihrer Wohnung nicht mehr raus.«

»Warum?«

»Diese Art von hübschen Frauen erträgt das Älterwerden nicht.«

»Und Sie glauben, nur hübsche Frauen ertragen das Älterwerden nicht, Monsieur?«

Bosmans hatte sich, als er das sagte, zu einem Lachen gezwungen, doch es war ein nervöses Lachen.

»Sie wollte niemanden mehr sehen. Wäre ich nicht da gewesen, sie hätte sich verhungern lassen.«

»Und Monsieur Krawell?«

Der Chauffeur drehte sich zu Bosmans. Wahrscheinlich wunderte es ihn, dass er den Namen behalten hatte.

»Ihr Mann war schon lange tot. Sie hatte viel Geld von ihm geerbt.«

»Und Sie wissen, was dieser Monsieur Krawell gemacht hat?«

»Riesiger Pelzhandel. Oder etwas dergleichen. Aber das war vor sehr langer Zeit, Monsieur. Vor und während dem Krieg.«

Bosmans hatte in seiner Kindheit nie von diesem Mann gehört. Und außerdem, warum hätte er sich in dem Alter fragen sollen, ob es einen Monsieur Krawell gab?

»Am traurigsten ist, dass sie gegen Ende ihres Lebens sehr schlecht beraten war.«

Diesen Ausdruck hatte er schon einmal aus dem Mund von jemand anders gehört.

»Schlecht beraten?«

»Ja, Monsieur. Durch Leute, die es auf ihr Geld abgesehen hatten. Das passiert oft bei einstmals hübschen Frauen.«

»Bei einstmals hübschen Frauen?«

»Ja, Monsieur.«

Also war Marie-Rose Krawell eine einstmals hübsche Frau. Diese Bezeichnung wäre Bosmans während der Zeit in der Rue du Docteur-Kurzenne nicht in den Sinn gekommen.

»Sie sagten, Sie wollen ins Zentrum. Ich setze Sie vor der Hauptpost ab, Monsieur? Passt Ihnen das?«

»Ja«, erwiderte Bosmans automatisch.

Der Taxichauffeur hielt vor der Hauptpost und drehte sich wieder zu Bosmans.

»Darf ich Ihnen ein Foto zeigen?«

Er zog es aus einer Brieftasche und reichte es Bosmans.

»Das ist ein Foto von Madame Krawell, als sie noch sehr jung war, mit ihrem Mann und einem Freund in Èze-sur-Mer. Madame Krawell hat es mir geschenkt.«

Sie saßen zu dritt an einem Tisch auf der Terrasse eines Strandrestaurants. Bosmans erkannte Rose-Marie Krawell nicht. Eine sehr junge Frau, in der Tat. Nur der Blick war der gleiche wie der, der auf ihm ruhte, in einem andern Leben. Sofort erkannte er Guy Vincent. Der Dritte, Ältere, mit dem langen, schmalen Gesicht, dem glatt nach hinten gebürsteten schwarzen Haar, einem ganz feinen Schnurrbärtchen, das war wohl Monsieur Krawell. Vorsichtig nahm der Chauffeur das Foto wieder zwischen Daumen und Zeigefinger und steckte es sorgsam zurück in seine Brieftasche.

»Verzeihen Sie, dass ich Ihnen vielleicht lästig gefallen bin … Aber jedes Mal, wenn ich am Square Alsace-Lorraine vorbeikomme …«

Beim Aussteigen war Bosmans so verwirrt, dass er nicht wusste wohin. Nach etlichen Umwegen fand er sich viel später auf der Place Garibaldi wieder, ohne dass ihm bewusst geworden wäre, was für einen langen Weg er zurückgelegt hatte. Er war nahezu eine Stunde gelaufen, im Regen.

DIE WORTE: »MOMENT … bin gleich zurück«, ohne dass er sein Versprechen hielt, sollte er später noch oft aussprechen, und jedes Mal würden sie einen Einschnitt in seinem Leben bedeuten. Die Nächte, die er allein am Quai de la Tournelle verbrachte, das Bild von diesen um einen Tisch sitzenden Gestalten hinter der Glasscheibe des Restaurants und auch das von Michel da Gama, der hinter ihm her rannte, während er in der Metrostation verschwand, diese Bilder tauchten zwei- oder dreimal auf, in seinen Träumen. Es würde ähnliche Fluchten und Brüche geben im Lauf der folgenden Jahre, und man konnte sie in zwei Sätzen zusammenfassen, die er sich immer wieder sagte: »Der Spaß hat lang genug gedauert«, aber vor allem: »Man muss alle Brücken abbrechen.« Und sein Leben sollte lange Zeit diesem abgehackten Rhythmus folgen.

Camille ließ nichts mehr von sich hören. Bosmans war es, als habe sie im Zimmer einen Äthergeruch hinterlassen, diesen frischen und zugleich schweren Geruch, der ihm seit seiner Kindheit vertraut war. Der Sommer hatte begonnen. Am 1. Juli stand er morgens gegen sieben auf. In eine Reisetasche stopfte er die wenigen Kleidungsstücke, die ihm gehörten. Und vom Quai de la Tournelle ging er bis zur Gare de Lyon, es war einer jener strahlenden Morgen, an denen du alles vergisst.

An einem der Bahnhofsschalter kaufte er sich eine Fahrkarte zweiter Klasse nach Saint-Raphaël. Der Zug fuhr um neun Uhr fünfzehn. Es war der erste Ferientag, und in den Abteilen war kein einziger Platz mehr frei. Er blieb stehen, auf dem Gang, und als er unter sich die Häuser der kleinen Rue Coriolis vorbeiziehen sah, hatte er das Gefühl, dort bleibe etwas von ihm selbst zurück und er verlasse Paris für immer.

VON SAINT-RAPHAËL brachte ihn ein Bus, der die Küste entlangfuhr, dann Serpentinenstraßen hinauf, die ihm wie Bergstraßen vorkamen, in ein Dorf im Massif des Maures. Es war Nacht geworden, und er fand ein Zimmer zum Mieten direkt am Platz, über dem Café. Bald erlosch das Licht im Café, und es herrschte Stille. Niemand würde hier nach ihm suchen, weder Michel da Gama noch René-Marco Heriford oder Philippe Hayward, diese drei »Idioten«, wie Martine Hayward sagte, und von denen er selbst dachte, sie könnten gefährlich sein, wie die meisten Idioten.

Bevor er einschlief, bemühte er sich, die verschiedenen Ereignisse der letzten Monate zu rekapitulieren. Die Wohnung in Auteuil, das Chevreuse-Tal und die Rue du Docteur-Kurzenne schienen ihm plötzlich weit entfernte Gegenden. Er bekam einen Lachanfall bei dem Gedanken, dass diese drei »Idioten« demnächst zu dem von Martine Hayward gemieteten Haus fahren und versuchen würden, das Versteck zu entdecken, in dem Guy Vincents Schatz lag. Wenn die Polizisten vor fünfzehn Jahren gescheitert waren, kriegten diese Luschen es nicht besser hin, falls sie nicht mit dem Presslufthammer alle Wände einrissen. Bestimmt glaubten sie, jetzt »ihre letzte Karte« auszuspielen, aber man musste sich nur ihre Visagen anschauen, um zu begreifen, dass sie eins in ihrem Leben noch nie gehabt hatten: gute Karten.

Er war sehr früh wach an jenem Morgen. Das Café hatte noch nicht offen auf dem menschenleeren kleinen Platz. Er ging durch das schlafende Dorf und kam an der Post vorbei. Ihn packte die Lust, ihnen ein Telegramm zu schicken, an die Adresse des Hôtel Chatham oder nach Auteuil, in die Wohnung:

VIEL GLÜCK. UND SAGT MIR BESCHEID, WENN IHR ETWAS FINDET.

Aber die Post war nur am Nachmittag von drei bis fünf geöffnet, und sie wüssten dann, wo das Telegramm abgeschickt worden war. Sie würden ihn holen kommen und mit Gewalt zurückschleppen nach Paris.

Ein paar Tische waren vor das Café gestellt worden, und er setzte sich an einen von ihnen. Nach diesen Monaten der Unsicherheit sagte er sich, er würde eine lange Sommersaison in diesem Dorf bleiben, hin und wieder den Bus nehmen und zum Baden hinunterfahren an die Strände im Golf.

ER HATTE IN seine Reisetasche einen Block Briefpapier gepackt. An einem sehr heißen Frühnachmittag saß er an einem der Café-Tische auf dem kleinen Platz, im Schatten, und er schrieb einen ersten Satz, vielleicht der erste eines Romans. Dann machte er sich für alle Fälle ein paar Notizen. Er hätte gern berichtet, was er in letzter Zeit erlebt hatte. Nach fünfzehn Jahren kommen dir Kindheitserinnerungen, die du bislang vergessen hattest, erneut in den Sinn, und du bist ein an Amnesie Leidender, der ein bisschen von seinem Gedächtnis wiedererlangt. Das verdankst du gewissen Personen, von deren Existenz du keine Ahnung hattest und die nach dir suchten, denn sie wussten ganz genau, du warst vor fünfzehn Jahren Zeuge irgendeiner Sache. Fünfzehn Jahre, das ist schon viel, und ein Zeitraum, der ausreicht, dass die andern Zeugen verschwunden sind. Aber diese Personen, die dich als Zeugen brauchen, haben nicht die gleichen Gründe wie du für die Suche nach der verlorenen Zeit. Zwischen diesen »Idioten« und dir besteht ein Missverständnis. Und du kannst mit ihnen nicht wirklich reden und den Cicerone für sie spielen, und doch seid ihr alle miteinander auf denselben Spuren der Vergangenheit.

EINES MORGENS NAHM er sehr früh den ersten Bus, der hinunterfuhr an den Golf und ihn in La Foux absetzte. Dann ging er die Straße an den Stränden entlang und kam bald zum Strand Pampelonne.

An jenem fernen Julianfang war der Strand um diese Uhrzeit noch leer. Er badete und legte sich in den Sand, nicht weit von einer Reihe Bambushütten und ein paar Tischen, jeder im Schutz eines Sonnenschirms. Aus einer größeren Hütte, die als Bar diente, trat ein Mann und kam auf ihn zu, ein Mann um die fünfzig, bekleidet mit einem Hawaiihemd und roten Shorts.

Er ging vorbei und musterte ihn eindringlich, und Bosmans glaubte, er werde seinen Weg fortsetzen. Aber nach wenigen Schritten drehte er sich um und kam zurück.

»War's schön?«

»Sehr schön.«

»Die ideale Badezeit.«

Er hatte die Stirn gerunzelt.

»Ich kenne Sie doch … Wir haben uns schon mal gesehen, mit Camille Lucas …«

Und Bosmans erkannte ihn auch. Ein Mann, den Camille ihm vorgestellt hatte, mitsamt Titel und Namen, »Doktor

Robbes«, und zwei-, dreimal hatten sie im Wepler mit ihm zu Mittag gegessen. Er hatte sie auch zu sich nach Hause eingeladen, in eine kleine Straße, die auf den Bois de Boulogne mündete. Bosmans zögerte einen Augenblick. Am liebsten hätte er der Sache rasch ein Ende bereitet und gesagt: »Nein, Monsieur, Sie irren sich«, doch er hatte Bedenken, ihn anzulügen. Dieser Mann schien ihm bei ihren Begegnungen einen guten Einfluss auszuüben auf Camille. Ein sehr höflicher Mann, korrekt gekleidet und mit dem beruhigenden Gesicht eines Provinznotars oder -apothekers oder sogar eines Universitätsprofessors. Er hatte nicht recht verstanden, bei welcher Gelegenheit Camille ihn kennengelernt hatte, aber sicher nicht im Umkreis von Michel da Gama, René-Marco Heriford oder Philippe Hayward.

»Doktor Robbes?«

»Ja, sicher.«

Natürlich ließen ihn das Hawaiihemd und die roten Shorts ganz anders wirken als sein äußerst dezenter Aufzug in Paris.

Bosmans war aufgestanden und hatte ihm die Hand gedrückt.

»Und Camille?«

»Sie ist in Paris, kommt aber bald nach.«

Warum hatte er das gesagt?

»Ich würde sie furchtbar gern sehen. Sie könnten mit uns zu Mittag essen, wann immer es Ihnen passt. Egal an welchem Tag, so gegen eins. Mit Camille oder allein. Da drüben, sehen Sie?«

Und er deutete auf die Reihe Bambushütten und Tische.

Er drückte ihm die Hand und ging in Richtung der Hütten. Nach ein paar Metern drehte er sich um:

»Hier geht's einem doch gut, oder? Kennen Sie den Vers von Rimbaud: ›Komm, der Wein geht an den Strand‹ …?«

Und er schwenkte grüßend den Arm.

*

»Sie könnten mit uns zu Mittag essen.« Bosmans fragte sich, wen er mit diesem »uns« meinte. Seine Freunde? Und er bedauerte, dass Camille nicht hier am Strand war, verbunden mit der Aussicht für sie beide auf ein Mittagessen, »egal an welchem Tag, um eins«, in Gesellschaft von Doktor Robbes. Und auf eine Unterhaltung über Rimbaud.

Er wusste nicht genau, was für eine Beziehung Camille zu Doktor Robbes unterhielt. Sie hatte ihm anvertraut, Doktor Robbes »erweise vielen Leuten Gefälligkeiten«. Er stellte ihr Rezepte aus für ein Medikament, das die schädlichen Nebenwirkungen der Pillen aus den kleinen rosa Schachteln mildern sollte – wenigstens hatte er das so verstanden. Und Camille nannte die Kombination aus diesem Medikament und diesen Pillen ein »Panaschee«.

Und wo hatte sie Doktor Robbes kennengelernt? In dem pharmazeutischen Labor, das er leitete, bei Buchhaltungsarbeiten, die sie dort ausgeführt hatte, sagte sie.

Er verließ den Strand am frühen Nachmittag, um die Zeit, da immer mehr Urlauber kamen. Er ging denselben Weg in umgekehrter Richtung bis La Foux, wo er auf den Bus wartete, der ihn zurückbringen würde ins Dorf.

Nein, in Pampelonne zu baden war nicht ratsam, und auch nicht, Doktor Robbes wiederzusehen. Dasselbe galt übrigens für Camille. Er hatte nicht genug Vertrauen in sie, um ihr zu sagen, sie solle nachkommen. Sie informierte womöglich die anderen. Doch es gab ruhige und verborgene Strände am Golf, dort konnte man sich, vor allem geschützt, tief in den Sommer gleiten lassen.

MORGENS IM DORF schrieb er weiter an seinem Buch, im Zimmer oder draußen an einem der Café-Tische. Das Buch hatte einen vorläufigen Titel: *Das Schwarz des Sommers*. Tatsächlich gab es einen Kontrast zwischen dem Licht hier im Süden und dem so anderen in den Pariser Straßen, wo sich die zweifelhaften Figuren bewegten, die er kennengelernt hatte. Im Laufe der Seiten ließ er sie in eine Parallelwelt gleiten, wo er nichts mehr zu befürchten hatte von ihnen. Er war nur ein nächtlicher Beobachter gewesen, der am Ende alles aufschrieb, was er um sich herum gesehen hatte oder erraten oder zusammenphantasiert.

Er fragte sich, ob er mit seinem Buch in Paris hätte anfangen können, in dem Zimmer am Quai de la Tournelle. Das wäre schwierig gewesen unter der ständigen Bedrohung durch diese drei »Idioten«, deren letztes Bild ihn noch immer umtrieb: alle drei versammelt hinter der Glasscheibe, nachts, und einer verfolgte ihn bis zur Metrostation.

ER WÄRE GERN bis ans Ende des Sommers im Süden geblieben und hätte weiße Blätter vollgeschrieben, mit blauer Tinte. Diese Sonne und dieses Licht erlaubten ihm, klarer zu sehen und sich nicht zu verzetteln, wie in Paris. Doch er hatte kein Geld mehr.

Er war versucht, wieder an den Strand Pampelonne zu gehen und Doktor Robbes aufzusuchen. Er konnte ihm seine Lage erklären, und vielleicht half ihm der Mann dabei, länger hier in der Gegend zu bleiben. Rasch verwarf er diese Möglichkeit. Er musste ohne die Unterstützung von irgendwem zurechtkommen, und Einsamkeit war die nötige Voraussetzung, dass er sein Buch zu Ende schrieb. Er fürchtete, Doktor Robbes würde ihn auf Camille ansprechen und ihm vorschlagen, sie nachzuholen, was er vermeiden wollte, denn er wusste genau, Camilles Anwesenheit konnte ihn zurückwerfen in sein altes Leben.

ER NAHM EINEN Zug in Richtung Paris, nach dem 15. August. Der Zug ging frühmorgens, und die Abteile waren im Gegensatz zur Hinfahrt halbleer. Als er am Abend in der Gare de Lyon den Fuß auf den Bahnsteig setzte, hatte er sogleich den Eindruck, zum ersten Mal in dieser Stadt anzukommen, obwohl er jede ihrer Straßen kannte. Er hatte sein Buch fast beendet, und in diesem Buch war er die ganze Last und Schwärze dieser letzten Jahre losgeworden.

Er besaß noch zwanzig Centime, und das reichte nicht für eine Metrofahrkarte, trug jedoch bei zu dem Gefühl von Leichtigkeit, das er verspürte. Er überquerte die Seine und gelangte über die Avenue d'Italie in die südlichen Stadtviertel. Hin und wieder setzte er sich auf eine Bank und betrachtete ringsherum die Passanten, die Hausfassaden und die wenigen vorbeifahrenden Autos.

Er ging bis zur Rue de la Voie-Verte, hinterm Parc Montsouris und der Rue de la Tombe-Issoire, und hier betrat er ein kleines Hotel, wo er schon einmal gewohnt hatte. Auch der alte Aufzug war noch da, und das Zimmer sah ganz ähnlich aus wie sein Dorfzimmer im Massif des Maures. Als er wegen der Hitze das Fenster und die grünen Läden öffnete, war die Augustnacht dieselbe in Paris und dort unten.

*

Am nächsten Morgen stand er früh auf. Am Vorabend hatte er, als er seine Kleider in den schmalen Schrank des Zimmers räumte, in einer Hosentasche noch einen Fünf-Franc-Schein gefunden. Er nahm die Metro bis zur Station Franklin-Roosevelt.

Er trug seit dem Vorjahr am Handgelenk eine Uhr von einem gewissen Wert, gefunden hatte er sie in der Nachttischschublade eines Zimmers im Hôtel Roma, Rue Caulaincourt. Es war im Winter, als er Camille Lucas, genannt »Totenkopf«, kennengelernt hatte. Lag es an ihrem Einfluss? Aber er hatte die Uhr nicht an der Rezeption abgegeben, sondern behalten.

Bevor er das Pfandhaus in der Rue Pierre-Charron betrat, wo er Camille zwei-, dreimal hinbegleitet hatte – sie versetzte Modeschmuck und war jedes Mal enttäuscht über die Summe, die sie dafür ausgezahlt bekam –, nahm er die Uhr vom Handgelenk. Am Schalter gab man ihm vierhundert Franc. Ein Jahr später, als sein Buch erschienen war, begab er sich wieder in die Rue Pierre-Charron, um die Uhr auszulösen und ins Hôtel Roma zu bringen, wo man den Namen des Gastes, der sie vergessen hatte, sicher kannte, doch es war zu spät. Er hatte die Frist um ein paar Wochen überschritten. Fünfzig Jahre später plagten ihn noch Gewissensbisse, denn diese gestohlene und verlorene Uhr erinnerte ihn an den kuriosen jungen Mann, der er gewesen war.

*

Er schrieb sein Buch im Hotelzimmer der Rue de la Voie-Verte fertig und verließ das Viertel nicht mehr. Dieses leere und vor sich hin dösende Paris im August stand im Einklang mit seiner Geistesverfassung, wie die abgelegenen Strände, die er im Juli entdeckt hatte. Am liebsten wäre ihm gewesen, der Sommer hätte nie ein Ende genommen; er würde einfach weiterschreiben in der Hitze und in der Einsamkeit.

War es wirklich Einsamkeit? Sehr früh am Morgen und abends ging er in eine dieser Zonen: Tombe-Issoire, Montsouris, Rue Gazan, Avenue Reille, wo man den Sommer in Paris so gut spürte, dass man schließlich mit ihm verschmolz und keine Rede mehr war von Einsamkeit. Es reichte schon, wenn man sich aufs Geratewohl durch die Straßen treiben ließ.

Eines Abends, als er am Parc Montsouris entlangschlenderte, betrat er eine Telefonkabine und wählte die Nummer des Hotels am Quai de la Tournelle. Er telefonierte von einer einsamen Insel, verloren im tiefsten Sommer.

»Könnte ich mit Mademoiselle Lucas sprechen?«

»Mit wem? Wiederholen Sie bitte den Namen, Monsieur.«

Er wunderte sich, dass die Stimme seines Gesprächspartners so deutlich war, trotz der Entfernung. Er wiederholte den Namen.

»Wir haben nichts mehr von ihr gehört. Seit einem Monat. Sie hat uns ihren Auszug nicht einmal angekündigt.«

Der Mann legte auf. Er hatte damit gerechnet. Das entsprach dem Lauf der Dinge. Seit er am 1. Juli den Zug in den

Süden genommen hatte, wusste er, nach diesem Sommer würde für ihn nichts mehr so sein wie zuvor. Und dieses Wissen
war noch stärker nach seiner Rückkehr. Der Sommer hatte
alle vorangegangenen Monate verwischt, so, wie ein der Sonne
ausgesetztes Foto sich allmählich trübt. Die Stadt, die er wiederfand, machte auf ihn den Eindruck von Abwesenheit und
zugleich von Erwartung, oder vielmehr von einer Zeit in der
Schwebe. Er war befreit von einer Last, obwohl er sich ver-
dammt geglaubt hatte, sie sein Lebtag auf den Schultern zu
tragen.

ER HATTE MEHRMALS in der Wohnung in Auteuil angerufen, doch es meldete sich niemand. Wo waren Kim und das Kind? Und in derselben Kabine, am Saum des Parc Montsouris und im Schatten der Bäume, wählte er an einem späten Nachmittag die Nummer des Hôtel Chatham.

»Könnte ich mit Monsieur Michel da Gama sprechen?«

»Welche Zimmernummer, Monsieur?«

Die Stimme des Mannes war freundlich, ja sogar samtig.

»Er hat keine Zimmernummer. Er gehört zur Hotelleitung.«

»Zur Hotelleitung? Tut mir leid, Monsieur, ich verstehe nicht …«

Der Ton war nun schroffer.

»Ich meine, er ist Kompagnon in der Hotelleitung, zusammen mit einem Monsieur Guy Vincent.«

»Kompagnon? Einen Augenblick bitte, ich verbinde Sie mit dem Direktor.«

Er wartete ein paar Minuten und wollte schon auflegen. Beim Betreten der Telefonkabine hatte er die diffuse Vorahnung gehabt, man könnte ihm auf diese Weise antworten, und weil er dafür eine Bestätigung wollte, hatte er die Nummer gewählt.

»Was genau wünschen Sie, Monsieur?«

Der Mann hatte eine tiefere Stimme als der vorige, dazu einen Akzent aus dem Südwesten.

»Ich möchte mit Michel da Gama sprechen, einer der Hoteldirektoren, zusammen mit Monsieur Guy Vincent.«

»Sie scherzen, Monsieur. Ich kenne diese beiden Individuen nicht. Der einzige Hoteldirektor hier bin ich.«

»Sind Sie wirklich sicher, dass Sie Michel da Gama nicht kennen? Das wundert mich sehr. Ich habe den Eindruck, Sie verheimlichen mir etwas.«

»Keineswegs, Monsieur. Auf Wiederhören, Monsieur.«

Und der Mann legte auf.

Bosmans trat aus der Telefonkabine und ging den Boulevard Jourdan entlang. Genau das hatte er vermutet, und er musste laut auflachen, was ihn vor ein paar Monaten höchst überrascht hätte. Er erinnerte sich an das Café in Saint-Lazare, wo Camille und er sich mit Michel da Gama trafen. Und an »Guy Vincents Büro«, tatsächlich nur ein Arrangement wie im Musée Grévin. Und an sein Unbehagen – oder vielmehr seine Angst – in der Nacht, als Michel da Gama ihn an der Porte d'Auteuil verfolgt hatte. Und jetzt kannte niemand mehr diesen Mann.

Ein später Augustnachmittag, frischer als der Vortag, und so wenig Verkehr, dass man die Blätter rauschen hörte. Er schlenderte an der Cité Universitaire vorbei. Die Studenten waren bestimmt in Ferien gefahren und die Gebäude und Rasenflächen leer, unter der Sonne. Er machte kehrt und folgte der Rue Gazan.

Der Pavillon du Lac hatte offen, und er setzte sich an einen Tisch auf der Terrasse. Er war der einzige Gast. Von einer etwas tiefer gelegenen Allee im Parc Montsouris herauf drang lautes Stimmengewirr und Kindergeschrei. Die Personen, denen er im Winter und Frühling dieses Jahres begegnet war, schienen ihm jetzt so fern, Schatten, die sich am Horizont verloren … Mit Ausnahme der zwei Nachmittage, als er in Auteuil an der Wohnungstür geklingelt und Kim ihm aufgemacht hatte, würden auch die Pariser Straßen jener Monate für ihn grau und schwarz bleiben, wegen seines Buches, zu dem diese Personen ihn angeregt hatten. Er hatte ihnen ihre Leben gestohlen und sogar ihre Namen, und geben würde es sie nur noch zwischen den Seiten dieses Buches. In der Wirklichkeit und auf den Pariser Trottoirs hatte man nicht mehr die geringste Chance, ihnen zu begegnen. Und außerdem war der Sommer gekommen, ein Sommer, wie er zuvor nie einen erlebt hatte, ein Sommer mit so klarem und so heißem Licht, dass sich diese Gespenster am Ende aufgelöst hatten in Luft.

ER RIEF BEI der Auskunft an, um nach der Nummer des Hau-
ses in der Rue du Docteur-Kurzenne zu fragen. Dieselbe Num-
mer wie in der Zeit von Rose-Marie Krawell und Guy Vincent?
Er träumte einen Augenblick, er hätte sie oder ihn »an der
Strippe«, wie man damals sagte. Warum sollte man sich nicht
eine Leitung erträumen, die verschont geblieben wäre von der
Zeit und durch die man in Kontakt trat mit Leuten, deren
Spur man verloren hatte?

Ein Klingelton folgte auf den andern, aber niemand meldete sich. Stand das Telefon noch immer im großen Zimmer des
ersten Stocks, dort, wo er Rose-Marie Krawell sagen gehört
hatte: »Guy ist wieder raus aus dem Gefängnis«? Als Guy Vincent dieses Zimmer bewohnte, war Bosmans aufgefallen, das
Telefon läutete oft, und jedes Mal, wenn Guy Vincent ranging,
war das Gespräch kurz. Er musste nicht viel reden, um sich
verständlich zu machen. An einem Sonntagnachmittag, als sie
beide allein waren im Haus, hatte Guy Vincent zu ihm gesagt:
»Wenn das Telefon klingelt, gehst du ran und erklärst, ich bin
in Paris.« Und er hatte hinzugefügt, als bereue er plötzlich,
von ihm eine solche Gefälligkeit zu verlangen: »Weißt du, das
ist keine Lüge, das ist ein Streich, den ich meinen Freunden
oft spiele …«, aber letztlich hatte ihn Guy Vincent nicht zum

Lügen verleitet, denn das Telefon hatte nicht geklingelt an jenem Tag.

Er wählte am späten Nachmittag noch einmal die Nummer des Hauses in der Rue du Docteur-Kurzenne:

»Hallo … wer ist dran?«

Diesmal hatte jemand sehr schnell abgehoben. Eine Männerstimme, tief. Bosmans war überrumpelt. Er schwieg.

»Hören Sie mich?«

Darauf sagte er mit tonloser Stimme:

»Ich möchte mit Martine Hayward sprechen.«

Und allein die Tatsache, dass er diesen Namen über die Lippen gebracht hatte, stürzte ihn wieder in die Schwärze und die Ungewissheit der vorangegangenen Monate.

»Sie haben sich verwählt. Hier gibt es keine Person dieses Namens.«

Er war erleichtert über die Antwort.

»Ich dachte, diese Person habe das Haus gemietet.«

»Ach wo, Monsieur. Es war nie vermietet. Es steht seit einem Jahr zum Verkauf.«

»Aber ich habe diese Person vor ein paar Monaten zur Besichtigung des Hauses begleitet. Zusammen mit einer Dame vom Maklerbüro.«

Er hatte mit deutlicher und fester Stimme gesprochen. Darüber wunderte er sich selbst.

»Ein Maklerbüro? Aber welches, Monsieur? Jedenfalls nicht unseres. Um diese Sache kümmere ich mich allein.«

Er wusste nicht mehr, was er antworten sollte. Ein Satz kam ihm in den Sinn: »Die Dame vom Maklerbüro trug eine schwarze Bluse«, der einzige Hinweis, den er geben konnte, das einzige Detail, das zurückbleiben würde von dieser Unbekannten, bis ans Ende aller Zeiten. Doch er fürchtete, sein Gesprächspartner könnte an einen Scherz glauben und sofort auflegen.

»Der Mietvertrag enthielt den Namen der Besitzerin, Rose-Marie Krawell. Ich habe, vor sehr langer Zeit, Madame Krawell gekannt.«

Am andern Ende war es still. Und dann:

»Sie haben Madame Krawell gekannt?«

Die Stimme seines Gesprächspartners hatte sich in der Tonlage verändert. Sie klang verwundert.

»Ja. Ich habe sogar in dem Haus gewohnt. In der Zeit, als Madame Krawell selbst dort wohnte. Fünfzehn Jahre ist das her.«

Wieder Stille.

»Was Sie mir da sagen, ist sehr interessant, Monsieur … Ich bin durch mein Büro beauftragt, mich um dieses Haus zu kümmern … Und das ist nicht einfach …«

Sein Gesprächspartner war nahe daran, ihn ins Vertrauen zu ziehen. Vielleicht genügten ein paar Worte, und er würde reden.

»Nicht einfach? Das wundert mich nicht … Madame Krawell war eine ungewöhnliche Figur.«

»Daran habe ich keinen Zweifel. Sie hat nach ihrem Tod ein verwickeltes Erbe hinterlassen.«

»Wirklich?«

»Wir versuchen seit Monaten die Dinge zu klären. Aber diese Person war sehr schlecht beraten. Das Dossier ist dick. Ich gestehe Ihnen, Monsieur, manchmal weiß ich nicht weiter.«

»Sie haben gesagt ›schlecht beraten‹. Nennen Sie mir Namen, das hilft mir vielleicht, Ihnen die eine oder andere Auskunft zu geben.«

»Kann ich Ihnen vertrauen?«

Sein Dossier musste wirklich sehr dick sein, dass er die Frage so spontan stellte, wie Leute, die um Hilfe bitten, ohne dich zu kennen.

»Ein gewisser Monsieur Heriford hat die Dinge verkompliziert … Er und zwei Freunde von ihm.«

»René-Marco Heriford?«

»Richtig, Monsieur. Sie kennen ihn?«

»Ein wenig. Und ich glaube, ich errate, wer die beiden anderen sind: ein gewisser da Gama und ein Mann namens Philippe Hayward.«

Als er ihre Namen aussprach, beschlich Bosmans ein Zweifel an ihrer wirklichen Existenz, wegen des Romans, den er gerade zu Ende geschrieben hatte und in dem diese drei Gestalten im Hintergrund auftauchten.

»Ja natürlich … Ganz genau. Heriford, Hayward und da Gama. Ich sehe, Sie kennen das Dossier. Ihr Name, Monsieur?«

Diese Frage überraschte ihn und weckte seinen Argwohn. Alles drohte von neuem anzufangen, wie in den vorangegangenen Monaten. Man stellte ihm wieder eine Falle. Er sah Michel da Gama vor sich, das Ohr an den zweiten, kleinen Hörer gepresst, und die beiden andern standen hinter dem Immobilienmakler, der in einem der Fauteuils des großen Zimmers saß. Und da Gama befahl diesem Mann leise, was er am Telefon sagen sollte, um ihn ins Haus zu locken.

»Ich heiße Jean Bosmans.«

Er hatte diesen Satz in herausforderndem Ton gesprochen. Am liebsten hätte er noch hinzugefügt: »Erklären Sie den drei anderen, die bei Ihnen sind, sie sollen nicht auf mich zählen, ich zeige ihnen nicht, wo Guy Vincent seinen Schatz versteckt hat.« Aber der Satz schien ihm so abgeleiert, die Vergangenheit, die er heraufbeschwor, so fern, dass er schwieg.

»Ja, Monsieur, wie ich Ihnen schon sagte, eine sehr komplizierte Lage … Heriford behauptete, er sei Madame Krawells Patensohn und ihr einziger Erbe. Offenbar hat er viel Geld seiner angeblichen Patentante veruntreut und sogar viele Papiere von ihr gefälscht …«

Er redete immer schneller. Wahrscheinlich wollte er dieses »dicke Dossier« ein für allemal los sein.

»Das Haus wurde unter Zwangsverwaltung gestellt, ebenso eine Wohnung im Auteuil-Viertel, deren Besitzerin Madame Krawell gewesen ist. Und wir warten auf das Urteil … Heriford und seine zwei Freunde sind verschwunden.«

Er hatte es geahnt, aber trotzdem war es seltsam: verschwunden, genau in dem Augenblick, da er seinen Roman fertigschrieb. Und Kim und das Kind?

»Sie war wirklich schlecht beraten, diese Madame Krawell. Und Sie verstehen, das macht unsere Aufgabe so kompliziert.«

Der Mann wurde immer gesprächiger, als habe er all diese Dinge viel zu lang für sich behalten, doch seine Stimme war inzwischen kaum noch hörbar. Bosmans legte auf. Man bekommt alles satt. Und an diesem Morgen hatte er das Wort »Ende« auf die Seite 203 seines Buches gesetzt. Er verließ das Hotel und ging in Richtung Boulevard Jourdan. Er war jetzt nicht mehr derselbe. Während er sein Buch schrieb und eine Seite auf die andere folgte, zerrann ein Abschnitt seines Lebens oder wurde vielmehr von diesen Seiten aufgesaugt wie von Löschpapier.

Verschwunden: Dieses Wort hatte sein Gesprächspartner am Telefon verwendet. Ja, verschwunden: »Heriford und seine zwei Freunde sind verschwunden.«

Er konnte nicht anders, er musste den Satz einfach immer wieder vor sich hersagen, und ihm war zum Lachen. Wenn er sich die Sache recht überlegte, so waren die meisten Leute, die er in den letzten fünfzehn Jahren gekannt hatte, verschwunden: Guy Vincent, Rose-Marie Krawell, so viele andere, und ein Sommer hatte genügt, schon verschwanden schlagartig auch Heriford, da Gama, Philippe und Martine Hayward, Camille Lucas, genannt »Totenkopf« … Kurz gesagt, alle Gespenster, die ihn angeregt hatten zu diesem Buch.

Es handelte sich um flüchtige und riskante Begegnungen, sodass er keine Zeit gehabt hatte, viel über diese Leute zu erfahren, immer würde ein leises Geheimnis sie umgeben, und am Ende fragte sich Bosmans sogar, ob sie nicht Phantasiegeschöpfe waren.

Im Lauf der folgenden Jahre hatte man ihm weitere Einzelheiten über einige seiner Romanfiguren zugetragen, aufgrund ihrer Namen. Was bewies, es gab zwischen dem wirklichen Leben und der Fiktion verschwimmende Grenzen. So hatte ein Inspektor der Sittenpolizei, der sogenannten Brigade mondaine, ihm geschrieben, er sei Leser seiner Bücher und habe in den Polizeiarchiven Spuren gefunden, insbesondere von René-Marco Heriford und seinen zwei Freunden, Michel da Gama und Philippe Hayward. Eigentlich nicht der Rede wert. Drei junge Burschen, die im Frühjahr und Sommer 1944 in den Cafés rund um die Gare Saint-Lazare verkehrten, seien wegen »diverser Schiebereien« überprüft worden. Ein paar Zeilen in der Kladde des Reviers Saint-Lazare enthielten ihre Namen. Und eine etwas spätere Karteikarte, diesmal vom Geheimdienst, verrate, man sei im September 1944 aufmerksam geworden auf »einen gewissen Hauptmann Heriford, dessen wahre Identität nicht bekannt ist und der trotz seines jugendlichen Alters eine amerikanische Offiziersuniform trug, und seine Freunde, Michel Dagamat, genannt ›Renato Gama‹ und

Philippe Hayward, in Uniformen der F.F.I. Diese drei Individuen hatten schon mit der Polizei zu tun. Der angebliche Heriford logiert in der Rue Saint-Simon Nr.18 (7. Arrondissement) bei einer Madame Cholet, seiner Geliebten, die dort einen ›Antiquitätenladen‹ betreibt.« Ja, nicht der Rede wert. Und genügten solche Einzelheiten, trotz ihrer scheinbaren Genauigkeit, als Beweis, dass diese drei Individuen wirklich existiert hatten?

Verschwunden. Und es blieben von ihnen nur halb verwischte Spuren in seinem Buch. Er schlenderte den Boulevard Jourdan hinauf, noch leichtfüßiger als bei seiner Rückkehr nach Paris, zehn Tage zuvor. Er ging am Parc Montsouris entlang, kam am Bahnhof der Strecke nach Sceaux vorüber, dann am Café Babel, wo ihm auffiel, dass es besser besucht war als in den vorangegangenen Tagen. Wahrscheinlich kehrten die Bewohner der Cité Universitaire langsam aus den Ferien zurück. Er erinnerte sich nicht, jemals so tief geatmet zu haben. Würde er jetzt losrennen, dann wären seine Atemzüge ganz regelmäßig, über Hunderte von Metern, obwohl er oft kurzatmig gewesen war in diesen letzten Jahren.

Vor der Autowerkstatt Grand Garage am Parc Montsouris stand ein Cabrio, ein englisches Modell. Am liebsten wäre er eingestiegen und hätte den Wagen ohne Zündschlüssel gestartet, wie ein Schulkamerad es ihm gezeigt hatte, als er siebzehn war.

An der Porte d'Orléans setzte er sich auf eine Café-Terrasse.

Sein Buch war fertig, und zum ersten Mal hatte er jenes merk-
würdige Gefühl, nach Jahren des Eingesperrtseins aus dem
Gefängnis zu kommen. Er sah vor sich einen Mann, für den an
einem sonnigen Augustmorgen die Türen der Santé aufgin-
gen. Er überquerte die Straße, trat in das Café dem Gefängnis
gegenüber, setzte sich an einen Tisch, und Bosmans hörte von
neuem den kleinen Satz, den er in seiner Kindheit aufgeschnappt hatte und der ihn sein ganzes Leben verfolgen würde: »Guy ist wieder raus aus dem Gefängnis.«

Nach kurzem Zögern, und in Gedanken noch immer bei
diesem Mann, sagte er zum Kellner, der vor ihm stand: »Zwei
Bier. Und alle beide ohne Blume, bitte.«

DREISSIG JAHRE SPÄTER, an einem Frühlingsnachmittag, hatte er sich im Rathaus von Boulogne-Billancourt einen Auszug aus dem Geburtsregister abgeholt, den er für einen neuen Reisepass brauchte. Als er aus dem Rathaus trat, beschloss er, noch bis zur Porte d'Auteuil zu gehen.

Dort entdeckte er beim Überqueren des Boulevards direkt vor sich die verglaste Terrasse des Restaurants Murat. Und ihm kam wieder jene Nacht in den Sinn, als am selben Ort hinter der Scheibe Michel da Gama, René-Marco Heriford und Philippe Hayward an einem Tisch zusammensaßen; dann das Bild von Michel da Gama, der ihn bis zur Metrostation verfolgte. Er hatte seit Jahren nicht an sie gedacht, und genauso wenig an die Zeit, als er sie gekannt hatte, eine Zeit, so fern, dass ihm schien, ein andrer habe sie erlebt.

Plötzlich befand er sich in einer Straße, in die er nie wieder gekommen war. Er blieb vor dem Haus stehen, an dessen Tür er sich dreißig Jahre zuvor von Martine Hayward verabschiedet hatte. Er hatte nie mehr etwas von ihr gehört, auch von den anderen nicht. Ausgenommen René-Marco Heriford, den er vor fünfzehn Jahren im Wimpy an den Champs-Élysées gesehen hatte. Er hatte sich neben ihn gesetzt, ihn jedoch nicht angesprochen. Und ihm war diese Uhr an seinem Handgelenk aufgefallen, die gleiche »amerikanische Armeeuhr«, deren Mechanismus ein Unbekannter ihm erklärt hatte in seiner Kindheit, ein Unbekannter, der – davon war er überzeugt – niemand anders gewesen sein konnte als Heriford.

Er betrat das Gebäude und klopfte an die Glastür des Concierge. Die Tür öffnete sich einen Spalt und zeigte das Gesicht eines etwa dreißigjährigen Mannes.

»Sie wünschen, Monsieur?«

»Ich wollte mich nur erkundigen: Wohnt Monsieur Heriford noch im dritten Stock?«

»Die Wohnung ist seit sechs Monaten zu vermieten, Monsieur.«

Woher sollte dieser Mann den Namen Heriford kennen? Er war in jener Zeit noch nicht geboren.

»Zu vermieten?«

Das hatte er in so erregtem Ton gesagt, dass der andere überrascht wirkte.

»Interessiert Sie das? Möchten Sie die Wohnung besichtigen?«

»Natürlich.«

Der Concierge öffnete einen der Glasflügel des Aufzugs, um Bosmans vorbeizulassen, und drückte den Knopf für die dritte Etage.

Der Aufzug fuhr so langsam wie vor dreißig Jahren.

»Ein Aufzug aus alter Zeit«, sagte Bosmans.

»Ja. Aus alter Zeit«, wiederholte der Concierge, doch es

wirkte nicht, als hätte er den Sinn dieses Ausdrucks verstanden. Bosmans fragte sich, was wohl nach all den Jahren aus Kim und dem Kind geworden sein mochte. Und er verspürte ein solches Gefühl von Leere, dass er meinte, der Aufzug bleibe stehen.

Doch als sie auf dem Treppenabsatz des dritten Stocks angelangt waren und der Concierge den Schlüssel aus der Tasche zog und ins Türschloss steckte, tippte ihm Bosmans mit der Hand auf die Schulter.

»Nein … verzeihen Sie … Ist nicht nötig …«

Und noch bevor der andere sich umdrehte, stürmte er die Treppe hinab.

IN DER FOLGENDEN Nacht hatte er einen ziemlich langen Traum. Wieder stürmte er die Treppe der Wohnung in Auteuil hinab, nachdem er den Concierge auf dem Treppenabsatz hatte stehenlassen, wie am Tag zuvor. Dann stieg er in ein Auto, das vor dem Haus parkte, es war das von Martine Hayward. Der Zündschlüssel steckte am Armaturenbrett. Er nahm dieselbe Strecke wie vor dreißig Jahren mit Camille und Martine Hayward, dann allein mit Martine Hayward.

Bald spürte er, er war über eine Grenze gefahren und im Chevreuse-Tal angekommen. Das lag nicht an der vertrauten Landschaft und dieser frischen Luft, die einen jäh überfiel. Sondern er gelangte in eine Zone, wo die Zeit aufgehoben war, und das bestätigte sich übrigens, als er merkte, die Zeiger seiner Uhr waren stehengeblieben.

Je weiter er auf der Straße kam, desto stärker hatte er den Eindruck, er sei zurückgekehrt ins Herz jener endlosen Sommernachmittage der Kindheit, wo die Zeit nicht aufgehoben war, sondern einfach nur stillstand, und wo man Stunden damit verbrachte, die Ameise zu beobachten, die in immer neuen Anläufen auf dem Brunnenrand herumkroch.

Hinter Chevreuse war er versucht in den breiten Waldweg einzubiegen, der zur Auberge du Moulin-de-Vert-Cœur führte,

doch er ließ es bleiben. Der Landgasthof war bestimmt über-
wuchert von der Vegetation des Waldes. Und vor allem das
Zimmer 16.

Noch ein paar Kilometer. Die Entfernung erschien ihm
kürzer. Er hatte bereits das Rathaus des Dorfes hinter sich gelassen und auch den Bahnübergang. Nach dem öffentlichen
Park, der sich an den Schienen entlangzog, bemerkte er, dass
die Fensterläden des kleinen Bahnhofs zu waren.

Er hielt den Wagen in der Rue du Docteur-Kurzenne. Er
war fest entschlossen, das Haus zu betreten. Was hatte er zu
fürchten nach dreißig Jahren? Er klingelte. Es war Kim, die
ihm öffnete, wie schon dreißig Jahre zuvor, wenn er in Auteuil
an der Wohnungstür klingelte. Sie war immer noch die gleiche. Sie lächelte und schwieg, wie jene Figuren, die man einst
gekannt, aber niemals im Leben wiedergesehen hat. Außer in
Träumen. Er fragte, wo das Kind sei, doch sie gab keine Antwort.

Er lief ganz schnell die Treppe hinauf. Er wollte den ersten
Stock meiden, mit seinem ehemaligen Zimmer und dem
Zimmer, das Rose-Marie Krawell oder Guy Vincent bewohn-
ten, wenn sie eine Zeitlang im Haus waren.

Er ging direkt in den zweiten Stock und betrat das Zimmer
mit dem Dachfenster. Eine Wand, immer noch weiß und glatt,
sogar genau an der Stelle, wo man ein Loch gestemmt und
dann Maurerarbeiten ausgeführt hatte. Er war nunmehr der
einzige, der die Stelle kannte. Und Guy Vincents Schatz würde

verborgen bleiben hinter der Wand, begraben für alle Ewigkeit. Goldbarren, die nur Blei waren, sobald man an der Oberfläche kratzte. Postsäcke, vollgestopft mit Banknotenbündeln aus Schwarzmarktzeiten, wertlos. Alte amerikanische Zigarettenkisten, von Schiebereien mit hellem Tabak.

Er schaute aus dem Dachfenster. Weiter hinten schaukelten sanft die obersten Äste einer Pappel, und der Baum winkte ihm. Ein Flugzeug glitt still durch das Himmelsblau und ließ einen weißen Streifen hinter sich, aber man wusste nicht, hatte es sich verflogen, kam es aus der Vergangenheit oder kehrte es dorthin zurück.